Pour ma fille Morgane

Acte I

Un appartement à Greenwich – Londres

Salon vide.

La porte de l'appartement s'ouvre. Un homme d'environ 35 ans entre, allume la lumière et ferme la porte derrière lui.

MATTHEW – C'est moi !

Tout en gardant son foulard autour de son cou, il enlève son blouson d'hiver et le jette négligemment sur le canapé.

MATTHEW – Tu es là ?

Seul, le silence lui répond.

MATTHEW – Elizabeth ? Tu es là ?

Act I

A flat in Greenwich - London

Empty living room.

The front door opens. A man of about 35 enters, switches the light on and closes the door behind him.

MATTHEW – It's me!

Keeping his scarf around his neck, he takes his winter coat off and throws it on the sofa, carelessly.

MATTHEW – Are you here?

Silence. He is alone.

MATTHEW – Elizabeth? Are you there?

La porte (de la chambre) s'ouvre et une jeune femme d'une trentaine d'années pénètre dans la pièce.

ELIZABETH – Bien sûr que je suis là... Où veux-tu que je sois ?

MATTHEW – J'ai juste posé la question parce que d'habitude, tu es là, assise sur le canapé... en train de lire.

ELIZABETH – Eh bien, il faut croire que je suis pleine de surprises... Passer du canapé à la chambre... Voilà qui était on ne peut plus audacieux.

Matthew sourit.

MATTHEW – Vas-y, moque-toi.

Elizabeth passe à côté de Matthew, va s'asseoir sur le canapé et prend un livre sur la table basse.

ELIZABETH – C'est mieux ainsi ?

MATTHEW – Parfait.

Matthew prend son blouson, le pend sur le portemanteau à côté de la porte d'entrée puis, vient s'asseoir à son tour sur le canapé et dépose un coussin sur ses cuisses. Elizabeth s'étend et pose sa tête sur le coussin.

The (bedroom) door opens, and a young woman of about 30 enters the room.

ELIZABETH – Of course I am here … Where do you expect me to be?

MATTHEW – I was just asking the question because you are usually here, sitting on the sofa … reading.

ELIZABETH – Well, I'm in for a whole lot of surprises … Going from the couch to the bedroom … Is it not quite daring?

Matthew smiles.

MATTHEW – Go on, keep making fun of me!

Elizabeth goes by Matthew, sits on the sofa, and takes a book on the coffee table.

ELIZABETH – Better?

MATTHEW – Perfect.

Matthew picks his coat up, hangs it on the coat rack near the front door, then comes to sit on the sofa and puts a cushion on his thighs. Elizabeth lies down and puts her head on the cushion.

ELIZABETH – Ta journée s'est bien passée ?

MATTHEW – Elle s'est passée.

ELIZABETH – Tes collègues ne t'ont pas invité à les rejoindre au pub pour un verre ?

MATTHEW – Disons qu'aujourd'hui ne me semblait pas le jour le plus indiqué pour prendre une bière.

ELIZABETH – Tu craignais de ne pas pouvoir t'arrêter ?

MATTHEW – Plutôt de ne pas le vouloir.

ELIZABETH – C'est effectivement différent.

MATTHEW – Extrêmement différent… Et j'avais très envie de passer cette soirée avec toi.

ELIZABETH – Tu es mignon… Alors que veux-tu faire ?

MATTHEW – Je n'sais pas… Parler jusqu'au bout de la nuit.

Elizabeth se redresse et s'assied à l'autre bout du canapé

ELIZABETH – How was your day?

MATTHEW – It just was.

ELIZABETH – Didn't your colleagues invite you for a drink at the pub?

MATTHEW – Let's say that today didn't seem like the right day to have a beer.

ELIZABETH – Do you mean that you feared you wouldn't have been able to stop?

MATTHEW – Rather not wanting to.

ELIZABETH – It's different, indeed.

MATTHEW – Completely different … and I wanted to spend this evening with you.

ELIZABETH – You're sweet … So, what do you want to do

MATTHEW – I don't know … To talk till the end of the night.

Elizabeth sits up and goes to the other side of the sofa.

ELIZABETH – Dans ce cas, mieux vaut garder nos distances.

MATTHEW – Ça m'apprendra à réfléchir avant de répondre à tes questions.

Elizabeth dodeline de la tête en souriant.

ELIZABETH – Non, je trouve que c'est une bonne idée et même une très bonne idée… Mais de quoi veux-tu parler ? Tu sais que je ne suis pas connectée avec l'actualité.

MATTHEW – Je sais mais ça ne me gêne pas. Disons que ça fait partie de ton charme. Et plus le temps passe et plus je crois que tu as raison. J'en ai marre d'entendre mes collègues parler de politique, de l'environnement qui part en vrille, du Brexit, du terrorisme, de la violence partout autour de nous. J'ai l'impression qu'il n'y a plus une seule bonne nouvelle et que nous fonçons droit dans un mur en appuyant toujours plus fort sur la pédale d'accélérateur.

ELIZABETH – La nature humaine est loin d'être un don du ciel pour qui croit en Dieu. Mais tu sais que là encore, c'est un sujet à éviter.

ELIZABETH – In that case, we should keep our distance.

MATTHEW – I should always think before answering your questions.

Elizabeth nods her head gently, smiling.

ELIZABETH – No, I think it's a good idea, a really good idea even … But what do you want to talk about? You know that I don't follow the news.

MATTHEW – I know but it doesn't bother me. It's part of your charm. And as time goes by, I think more and more that you are right. I am so tired of hearing my colleagues talking about politics, climate change getting worse, Brexit, terrorism, the violence that surrounds us everywhere. I feel like there isn't one single good news and that we are going straight into a wall, but still stepping on the accelerator.

ELIZABETH – Human nature is far from being easy for those believing in God. But once again, you know that this is not a topic I like to talk about.

MATTHEW – Réflexion faite, j'étais peut-être un peu trop présomptueux en disant « jusqu'au bout de la nuit » parce que vu comme tu y vas, nous n'allons pas avoir beaucoup de sujets de conversation.

ELIZABETH – Tu exagères… Il nous reste le shopping, la mode, l'importance des tutoriels de maquillage et de bricolage sur Youtube…

Matthew se met à rire.

MATTHEW – Magnifique soirée en perspective... Est-il trop tard pour que je rejoigne mes collègues au pub ?

ELIZABETH – Laisse-moi le temps de trouver… Cette liste n'est pas exhaustive.

MATTHEW – Du moment que tu ne rajoutes pas les émissions de Télé Réalité.

ELIZABETH – Pitié ! … Arrête avec tes interférences ! Sinon, je ne vais jamais trouver.

Silence. L'expression du visage concentré d'Elizabeth s'illumine soudain.

ELIZABETH – Il nous reste toujours « Nous »… Je ne connais pas de meilleur sujet.

MATTHEW – Je confirme…

MATTHEW – Actually, I may have been a bit presumptuous saying 'till the end of the night' because with all these topics to avoid, we are not going to have a lot to talk about.

ELIZABETH – You're so wrong … we still have shopping, fashion, the importance of makeup and DIY tutorials on YouTube …

Matthew starts laughing.

MATTHEW – I'm looking forward to this wonderful evening … Is it too late to join my colleagues at the pub?

ELIZABETH – Give me some time to find something. This list isn't complete.

MATTHEW – As long as you don't add Reality TV shows.

ELIZABETH – Please! … Stop talking! Otherwise, I will never find a topic.

Silence. Elizabeth's focused face suddenly lights up.

ELIZABETH – We still have 'Us' … I don't know a better topic.

MATTHEW – I agree …

Elizabeth et Matthew se regardent intensément.

Un ange passe.

MATTHEW – … Vas-y… Je te laisse ouvrir le bal.

ELIZABETH – C'est bien le moment d'user de ta galanterie.

MATTHEW – C'est toi qui as lancée l'idée… Je m'en voudrais de te couper l'herbe sous le pied.

Elizabeth adresse un regard appuyé à Matthew pour bien lui faire comprendre qu'elle n'est pas dupe. Mais devant l'expression innocente du visage de Matthew, elle finit par sourire.

ELIZABETH – Il ne te manque plus qu'une auréole !

Sourire éclatant de Matthew.

ELIZABETH – Quand on me cherche, on me trouve… Plutôt que d'évoquer notre présent ou le futur, j'ai envie de me tourner vers notre passé et faire appel à nos souvenirs… Et comme tu as une mémoire de poisson rouge…

MATTHEW – Tout dépend pour quoi ! En ce qui nous concerne, chaque instant est gravé dans ma tête et dans mon cœur.

Elizabeth and Matthew intensely look at each other, in silence.

Time flies.

MATTHEW – After you …

ELIZABETH – Such a perfect moment to behave like a gentleman.

MATTHEW – You were the one suggesting this topic. I would not like to pull the rug out from under you.

Elizabeth stares at Matthew, letting him know she does not buy it. But in front of his innocent facial expression, she ends up smiling.

ELIZABETH – You only need a halo now

Radiant smile from Matthew.

ELIZABETH – If you are looking for trouble … Rather than to talk about our present and future, I wish we could speak about our past and bring up memories … And since you have the memory of a goldfish …

MATTHEW – It only depends on what we are talking about! Concerning us, every moment is etched in my mind and in my heart.

ELIZABETH – D'accord… Nous allons bien voir… Quel est mon film préféré ?

MATTHEW – « La vie est belle » de Frank Capra.

ELIZABETH – N'aie pas l'air aussi content de toi… Toutes les personnes qui me connaissent le savent. Pas de Noël réussi sans ce film… bien installée douillettement sur le canapé sous un plaid vert et rouge… avec un bon chocolat chaud... et tout un stock de mouchoirs.

Le salon devient sombre. Une lumière blanche éclaire juste Elizabeth.

On entend le son d'une petite clochette qui tintinnabule. La lumière se déplace vers le plafond au bout du salon... Elizabeth lève les yeux pour la suivre.

ELIZABETH – Clarence a finalement eu ses ailes.

La lumière normale revient.
Matthew toussote pour ramener Elizabeth à la réalité.

ELIZABETH – Tu disais ?

MATTHEW – Je disais que c'est toi qui gères les questions, alors mets la barre plus haut.

ELIZABETH – Okay … let's see then … What is my favourite movie?

MATTHEW – 'It's a Wonderful Life', by Frank Capra.

ELIZABETH – Don't look so proud of yourself … Everybody who knows me knows that. Christmas would not be Christmas without this movie … cosily sitting on the sofa, with a red and green blanket … with a nice cup of hot chocolate … and a full box of tissues.

The living room darkens. A white spotlight is on Elizabeth only.

We can hear a little bell ringing. The light moves towards the ceiling on the other end of the living room. Elizabeth looks up to follow it.

ELIZABETH – Clarence finally got his wings.

The lights turn normal again in the living room. Matthew clears his throat to bring Elizabeth back.

ELIZABETH – What were you saying?

MATTHEW – I was saying that you are the one asking the questions, so raise the bar!

ELIZABETH – Okay mais tu ne viendras pas te plaindre. Te rappelles-tu le jour où j'ai craqué pour toi ?

MATTHEW – Facile… Au pub !

ELIZABETH – Pourrais-tu être un peu plus précis, s'il te plait ? Car je te rappelle qu'en tant qu'anglais, tu passes beaucoup de temps dans les pubs.

MATTHEW – Oh, le coup bas.

ELIZABETH – Quoi ? Ce n'est ni un coup bas, ni une légende urbaine. Il n'y a qu'à voir à quel point les pubs sont bondés à l'heure de la sortie des bureaux.

MATTHEW – C'est vrai qu'il y a du monde.

ELIZABETH – Tu crois ?

MATTHEW – Je crois surtout que nous nous éloignons du sujet de cette conversation.

ELIZABETH – C'est ça… Bon alors, revenons au nom de ce fameux pub…

MATTHEW – The Black Swan.

ELIZABETH – Okay… Tu te rappelles.

ELIZABETH – Alright, but don't end up complaining! Do you remember the day I fell for you?

MATTHEW – Easy … at the pub!

ELIZABETH – Could you be more specific please? Because I remind you that, as an English man, you spend a lot of time in pubs.

MATTHEW – That's a low blow

ELIZABETH – What? It's neither a low blow nor an urban legend. You can well see how much the pubs are busy when everyone leaves work at the end of each day.

MATTHEW – It's true, it's quite crowded.

ELIZABETH – You think?

MATTHEW – I also think that we are digressing from our conversation

ELIZABETH – Sure … Okay, let's go back to the name of this pub …

MATTHEW – The Black Swan.

ELIZABETH – Okay … you remember.

MATTHEW – Comment oublier ? … Je chantais et tu étais là avec des amis.

ELIZABETH – Je ne faisais pas trop attention à toi, jusqu'à ce que tu chantes cette magnifique chanson…

La lumière change.

Ils se lèvent. Matthew prend sa guitare, Elizabeth, un tabouret haut de bar et le dépose au centre de la scène. Matthew s'installe et commence à jouer puis à chanter.

Elizabeth fredonne avec lui le couplet et quand le refrain arrive, elle claque des doigts… un tambourin scande la mélodie… Et d'un geste de main qui balaie l'espace, un piano l'accompagne… Et elle se met à chanter en double-voix.

« Et si tu n'existais pas
Dis-moi
Qui serait là
A m'écouter
En pointillés
Sans m'accabler

MATTHEW – How could I forget? ... I was singing and you were there with some friends.

ELIZABETH – I wasn't paying much attention to you, until you sang this beautiful song …

The lights change.

They stand up. Matthew takes his guitar, Elizabeth, a bar stool and puts it at the centre of the stage. Matthew sits and starts playing and then singing.

Elizabeth hums the verse with him and when they get to the chorus, she clicks her fingers ... a tambourine chants the melody ... And with a hand movement, a piano accompanies it ... And she starts singing backing vocals.

'And if you did not exist
Tell me
Who would be there
Listening to me
Without even once
Blaming me

Je n’ai pas
Toujours le temps
Tu le comprends
En souriant
Jamais en fuyant

Toi
Mon amie
Pour la vie
J’aime ce côté infini
Pour la vie
On se lie
Sans délit
Tous compromis
Interdits
Sans pression
Ni tension

Nous
Amis depuis tant d’années
Je n’ai pas vraiment compté
Ce n’est pas encore assez

I don’t always
Have the time
But you understand
Smiling all the way
Never running away

You
My friend
Forever and ever
I love this phrase
Forever and ever
We are together
Without doubt
All compromises
Forbidden
No pressure
Or tension

Us
Friends for so many years
I have not really counted
It is still not enough

Vingt-quatre heures dans un seul jour
Quelquefois c'est bien trop court
On s'oublie dans des discours
Passionnés
Acharnés
Que l'on doit abréger
Pour rentrer
Laissant en veille nos pensées

Sur un « A bientôt »

Toi
Mon amie
Pour la vie
J'aime ce côté infini
Pour la vie
On se lie
Sans délit
Tous compromis
Interdits
Sans pression
Ni tension

Twenty-four hours in just one day
Sometimes it's way too short
We forget ourselves
In passionate speeches
Wishing no end
But it always come
To go home
Leaving our thoughts on stand-by

With a 'see you soon'

You
My friend
Forever and ever
I love this phrase
Forever and ever
We are together
Without doubt
All compromises
Forbidden
No pressure
Or tension

J'ai aimé
Et j'ai souffert
Tu m'as ouvert
Ton cœur blessé
Je l'ai soigné

Moi sans toi
Je joue à quoi ?
Et toi sans moi ? »

La chanson se termine.

Matthew va reposer sa guitare, Elizabeth enlève le tabouret de bar et la lumière normale revient dans l'appartement.

MATTHEW – Si tu n'étais pas venue me parler, où en serions-nous ?

ELIZABETH – Tu aurais vraisemblablement fait ta vie avec quelqu'un d'autre et moi également…

Matthew grimace et retourne s'asseoir sur le canapé.

MATTHEW – Tu n'as rien de mieux à me proposer ? Parce que t'imaginer finir avec Jeremy ne me plait pas du tout.

I have loved
And hurt so much
To me, you have opened
Your wounded heart
I healed it

Me without you
What am I playing at?
And you without me?'

The song ends.

Matthew puts his guitar back, Elizabeth takes the bar stool away and the lights turn normal again in the flat.

MATTHEW – If you hadn't come to talk to me, where would we be now?

ELIZABETH – You would have probably ended up with someone else and me too …

Matthew winces and returns to sit on the sofa.

MATTHEW – Don't you have anything else to suggest? Because I really don't like to imagine you ending up with Jeremy.

Elizabeth s'assied à son tour mais sur le fauteuil en face du canapé.

ELIZABETH – Qui a parlé de Jeremy ?

MATTHEW – Moi et je le répète « Jeremy »… Ne me dis pas que tu n'as jamais remarqué à quel point, il te faisait du rentre-dedans !

ELIZABETH – C'était juste pour rigoler.

Matthew dodeline plusieurs fois de la tête de droite à gauche en signe de dénégation.

MATTHEW – Comme tu peux être naïve, Elizabeth… Ses blagues sexuelles et ses attitudes étaient toutes sauf innocentes !

ELIZABETH – Moi, ça me faisait rire. Et puis, quand il a compris que je n'étais pas intéressée, il a fini par s'arrêter.

Matthew toussote en se raclant la gorge.

MATTHEW – Je crois que j'y suis un peu pour quelque chose.

Elizabeth fronce des sourcils devant cette révélation avec une lueur d'étonnement dans le regard.

Elizabeth sits down but, in the armchair, opposite the sofa.

ELIZABETH – Who said anything about Jeremy?

MATTHEW – I did, and I'm repeating: 'Jeremy' … Don't tell me you have never noticed how much he was flirting with you!

ELIZABETH – It was just for fun.

Matthew shakes his head 'no' a few times.

MATTHEW – How naive you can be sometimes, Elizabeth! … His sexual jokes and behaviours were not innocent!

ELIZABETH – They made me laugh. And when he understood that I wasn't into him, he eventually stopped.

Matthew clears his throat.

MATTHEW – I think I may have helped him a bit.

Hearing this confession, Elizabeth frowns with surprise in her eyes.

ELIZABETH – Ne me dis pas que tu as joué au mec jaloux qui protège son territoire avec Jeremy ?

MATTHEW – Okay… Je n'te l'dis pas.

Elizabeth se met à rire.

ELIZABETH – Tu m'étonneras toujours.

MATTHEW – Eh bien… Disons que si toi, ça te faisait rire, moi, je le trouvais lourd. A peine un peu… Un peu beaucoup… Je lui ai juste fait un petit speech… Nous n'en sommes pas arrivés aux mains si ça peut te rassurer.

ELIZABETH – Comment ça ? Vous ne vous êtes pas battus pour moi ? Quelle déception !

MATTHEW – Je me suis dit que ce n'était pas utile… J'ai pensé qu'une approche subtile serait plus judicieuse.

ELIZABETH – Subtile ? Tu as préféré te montrer subtil avec Jeremy ? Alors vas-y… Balance-moi un peu ce que tu lui as dit… Enfin… Si tu t'en rappelles…

Matthew affiche une petite moue en se frottant le menton.

ELIZABETH – Don't tell me that you behaved like the jealous boyfriend who protects his territory with Jeremy?

MATTHEW – Okay … I'm not telling you.

Elizabeth starts laughing.

ELIZABETH – You will always surprise me.

MATTHEW – Well … Let's say that it was maybe funny for you, but it started annoying me. Just a bit … Well, a lot … So, I just made him a speech … We didn't fight if it can comfort you.

ELIZABETH – What do you mean? You didn't fight over me? I'm so disappointed!

MATTHEW – I thought it wasn't useful … I decided on a more subtle approach.

ELIZABETH – Subtle? You decided to be subtle with Jeremy? Okay, go on … Make your speech to me … I mean … If you remember it …

Matthew pouts, rubbing his chin.

MATTHEW – C'était du genre… Jeremy… Elizabeth est avec moi et tu ne l'intéresses pas ! Alors, tu arrêtes tout de suite tes allusions et tes gestes déplacés sinon ça va mal se terminer !

Elizabeth explose de rire.

ELIZABETH – Effectivement ! C'était très subtil ! Je te félicite néanmoins pour le choix de tous tes mots qui ne laissaient pas la moindre place à la plus infime ambiguïté.

MATTHEW – Je n't'en ai pas parlé car ça me ressemblait si peu de me montrer jaloux et je craignais que tu m'en veuilles de m'immiscer dans ta vie.

ELIZABETH – Mais Matthew, nous étions ensemble… Alors tu ne t'es pas immiscé dans MA vie… tu as juste protégé NOTRE vie.

MATTHEW – Merci Elizabeth… Ça me touche énormément que tu voies les choses comme ça. J'avais peur que tu n'apprécies pas cette jalousie.

ELIZABETH – Elle n'existait que par rapport à Jeremy ?

Matthew fronce des sourcils tout en observant Elizabeth.

MATTHEW – It was something like … Jeremy … Elizabeth is with me and she is not interested in you! So, stop your hints and inappropriate gestures otherwise, you'll be in trouble!

Elizabeth bursts into laugher.

ELIZABETH – Indeed! That was very subtle! However, congratulations on your choice of words that did not let any possibility of misinterpreting your message.

MATTHEW – I didn't tell you about it because it was so unlike me to be jealous and I was afraid you would be angry at me for interfering in your life.

ELIZABETH – But Matthew, we were together … So, you didn't interfere in MY life … You just protected OUR life.

MATTHEW – Thanks Elizabeth … I really appreciate that you see things that way. I was afraid you would not like my jealous side.

ELIZABETH – You were only worried about Jeremy, right?

Matthew frowns, looking at Elizabeth.

MATTHEW – Que veux-tu dire ?

ELIZABETH – Doutais-tu aussi de moi ? Pensais-tu que j'allais me laisser séduire en te mettant de côté ?

Matthew secoue négativement la tête, un petit sourire navré s'affichant sur son visage.

MATTHEW – J'aimerais te dire « non » mais j'ai effectivement eu peur que Jeremy arrive à te charmer.

ELIZABETH – Comment as-tu pu imaginer une chose pareille ?

MATTHEW – Parce qu'à cette époque, je me disais que je n'étais pas assez bien pour toi, que tu allais t'en apercevoir et que tu allais te lasser.

Elizabeth se lève du fauteuil et se met à marcher dans la pièce.

ELIZABETH – Et qu'est-ce qui t'a fait changer d'avis ?

MATTHEW – Jane m'a dit que j'étais un crétin.

Elizabeth s'arrête de marcher, pouffe de rire et tout en applaudissant, lance :

ELIZABETH – Un grand merci à Jane pour sa clairvoyance !… Et ça a suffi à te convaincre ?

MATTHEW – What do you mean?

ELIZABETH – Were you doubting me too? Were you thinking I was going to let him seduce me, and forget about you?

Matthew shakes his head, a sad smile on his face.

MATTHEW – I would love to tell you 'no' but I was scared that Jeremy would succeed in seducing you.

ELIZABETH – How could you imagine something like that?

MATTHEW – Because at that time, I was thinking that I was not good enough for you, that you would realise it and that you would get bored of me.

Elizabeth stands up and starts pacing.

ELIZABETH – What made you change your mind?

MATTHEW – Jane told me I was an idiot.

Elizabeth stops pacing, chuckles and says, clapping:

ELIZABETH – A big thank you to Jane for her perspicacity! ... But was that really enough to convince you?

MATTHEW – Comme les mêmes pensées cheminent dans vos deux têtes, je me suis dit que tu allais arriver à la même conclusion si je t'en parlais. Et crois-moi, je n'avais pas besoin d'une double-dose.

ELIZABETH – Connaissant Jane, elle n'a pas dû s'arrêter en si bon chemin.

MATTHEW – Disons qu'elle m'a bien fait comprendre que mon crétinisme s'étalait sur plusieurs niveaux…

ELIZABETH – Je n'ai aucun mal à l'imaginer. Elle a dû te déballer tout ce qu'elle avait sur le cœur en prenant soin, au passage, de t'assaisonner copieusement.

MATTHEW – C'est à peu près ça et puis, elle a terminé son speech en me disant qu'il fallait que j'arrête immédiatement de penser que je ne te méritais pas car tu n'étais pas, non plus, la 8ème Merveille du monde.

ELIZABETH – Quoi ? Non, mais quelle saleté !

Matthew se met à rire devant l'expression outrée du visage d'Elizabeth et son exclamation qui est sortie tout de go sans la moindre retenue.

ELIZABETH – Tu m'as défendue au moins ?

MATTHEW – As you both think the same way, I thought that you would come to the same realisation if I told you about it. And believe me, I did not need a double tap.

ELIZABETH – Knowing Jane, she must have continued with more arguments.

MATTHEW – Let's say that she made me understand that my idiotic mind was on numerous levels …

ELIZABETH – I have no problem imagining her whatsoever. She must have confessed everything she had to say, making sure you would have things to think about.

MATTHEW – That's pretty it, and then, she finished her monologue telling me that I had to stop thinking that I did not deserve you immediately, as you were not the 8th Wonder of the world either.

ELIZABETH – What? What a bitch!

Matthew starts laughing, looking at Elizabeth's outraged face and her exclamation, coming straight from the heart, without any filter.

ELIZABETH – I hope you defended me then?

MATTHEW – Eh bien… Pas vraiment…

ELIZABETH – Pas vraiment ? Désolée mais ce n'est PAS VRAIMENT la réponse que j'attendais.

MATTHEW – Et pourtant, c'est la seule qui convient.

ELIZABETH – Vas-y… Je t'écoute.

MATTHEW – C'était certes formulé un peu cruellement pour toi mais elle n'avait pas tort. J'avais trop tendance à te mettre sur un piédestal et forcément, un jour, tu en serais tombée…

ELIZABETH – Le statut de « femme parfaite » n'a rien d'enviable… surtout que je ne le méritais absolument pas.

MATTHEW – N'essaie pas de te rabaisser, Elizabeth. Tu es une femme merveilleuse. C'est juste que notre histoire était belle et simple et elle se devait de le rester… Notre bonheur était légitime, alors j'ai compris que nous devions en profiter sans que je ne le peuple de doutes incessants.

ELIZABETH – Maintenant que tu me le dis… Je me rappelle avoir senti un changement dans ton attitude.

MATTHEW – Well … Not really …

ELIZABETH – Not really? Sorry, but NOT REALLY is not the answer I was hoping for.

MATTHEW – But it is the only good one.

ELIZABETH – Okay … I'm listening.

MATTHEW – Right, it was a little cruel to you, but she was not wrong. I tended to put you on a pedestal, and you were bound to fall from it one day …

ELIZABETH – I don't envy the status of 'perfect woman' … especially as I absolutely did not deserve it.

MATTHEW – Don't try to drag yourself down, Elizabeth. You are a wonderful woman. It's just that our story was beautiful and simple, and it had to stay that way … Our happiness was legitimate, so I understood that we had to enjoy it, without me doubting it all the time.

ELIZABETH – Now that you tell me this … I remember noticing a change in your behaviour.

MATTHEW – Eh bien voilà… Maintenant, ce mystère est résolu.

ELIZABETH – Mystère… Mystère… Je n'me suis pas posée des questions des mois durant au point d'en arriver au stade des insomnies… Mais c'est vrai que ça m'avait quelque peu interpellée.

MATTHEW – Jane m'avait fait promettre de ne pas la citer si jamais, nous abordions un jour le dossier « Jeremy ».

ELIZABETH – Et ça a été le cas jusqu'à aujourd'hui, il faut croire qu'il y a un bon Dieu pour les intrigantes !

Silence.

ELIZABETH – Je plaisante ! Je suis bien contente que tu te sois confié à elle.

MATTHEW – Je n'sais même plus pourquoi nous en sommes arrivés à parler de Jeremy, de ma jalousie… et de Jane.

ELIZABETH – Le poisson rouge est de retour.

Matthew secoue la tête négativement en souriant.

MATTHEW – There you go … Now, the mystery is solved.

ELIZABETH – Mystery … Mystery … I didn't wonder about it for months until I lost sleep … but it's true that I had been wondering.

MATTHEW – Jane made me promise to never mention her if we ever had to talk about the 'Jeremy' case.

ELIZABETH – And we hadn't until today, she must have had a pretty lucky star!

Silence.

ELIZABETH – I'm joking! I am glad you talked to her.

MATTHEW – I don't even remember why we ended up talking about Jeremy, my jealous behaviour … and Jane.

ELIZABETH – The goldfish is back.

Matthew shakes his head, smiling.

ELIZABETH – Séquence flash-back : tu me demandais où nous en serions si je n'étais pas venue te parler et je t'ai répondu que tu aurais vraisemblablement fait ta vie avec quelqu'un d'autre et moi également…

MATTHEW – Ah oui et je t'ai demandé si tu n'avais rien de mieux à me proposer.

Elizabeth revient près du canapé et s'assied à l'opposé de Matthew, tout en repliant ses jambes sur le côté. Elle prend un coussin qu'elle met sur son ventre.

ELIZABETH – Eh bien… Vu que tu jouais régulièrement au Black Swan, peut-être que j'aurais fait un pas vers toi, la fois suivante.

MATTHEW – Je préfère nettement ce scénario.

ELIZABETH – De toute façon, la question ne se pose pas vu que je suis venue te parler et que tu m'as offert un verre…

ELIZABETH et MATTHEW – … D'eau pétillante.

Ils se mettent à rire.

MATTHEW – Tu sais que là, tu m'as scotché. De l'eau pétillante !!!

ELIZABETH – Flashback: you were asking me where we would be if I hadn't come to talk to you and I answered that you would have probably ended up with someone else and me too …

MATTHEW – Oh yes, and I asked you if you didn't have something else to suggest.

Elizabeth comes back to the sofa and sits on the other end, with her legs on her side. She takes a cushion and puts it on her stomach.

ELIZABETH – Well … As you were playing regularly at The Black Swan, I may have come to you the following time.

MATTHEW – I prefer this option by far.

ELIZABETH – Anyway, to wonder is unnecessary as I came to you and you paid me a glass of …

ELIZABETH and MATTHEW – … Sparkling water.

They start laughing.

MATTHEW – You really left me speechless, you know. Sparkling water!!!

ELIZABETH – Au moins, je t'ai tout de suite subjugué.

MATTHEW – Subjugué !!! Comme tu y vas !

ELIZABETH – Tu veux minimiser ? Okay… Alors, je t'ai tout de suite intrigué.

MATTHEW – Je ne sais pas si ce terme est plus approprié mais nous allons nous en contenter… L'important, c'est que nous avons échangé nos numéros de téléphone et que je t'aie appelée… Même si ça m'a pris quelques jours de réflexion.

ELIZABETH – Tu rigoles ! Tu m'as appelée dès le lendemain… D'où mon « Subjugué ».

MATTHEW – D'accord… Tu as raison… J'ai tout de suite eu envie de mieux te connaître.

ELIZABETH – Et heureusement pour toi, j'avais un petit créneau dans mon agenda de ministre.

MATTHEW – Maintenant, tu peux bien me l'avouer… Avais-tu réellement un seul créneau de libre cette semaine-là ?

ELIZABETH – Bien sûr que non ! Mais même si je n'voulais pas me précipiter pour te revoir, tu m'as fait pitié.

ELIZABETH – At least, I captivated you straight away.

MATTHEW – Captivated? That's a bit strong, don't you think?

ELIZABETH – You do? Okay … So, I intrigued you straight away.

MATTHEW – I am still not sure it is the right word but let's go with that … The most important being us exchanging numbers and me calling you back … Even if I thought about it for a few days.

ELIZABETH – Are you kidding? You called me the day after … Therefore, 'captivated'.

MATTHEW – Okay … You're right … I wanted to know you more.

ELIZABETH – And luckily, I had some free time in my extremely busy schedule.

MATTHEW – Now, you can admit it … Did you really have only this free time that week?

ELIZABETH – Of course not! But even if I didn't want to hasten our get-together, I felt sorry for you.

MATTHEW – Merci beaucoup.

ELIZABETH – De rien, mon bel Amour.

Elizabeth s'étire lascivement.

MATTHEW – Tu n'es qu'une enjôleuse.

ELIZABETH – Je sais… Et si nous en revenions à notre premier rendez-vous.

MATTHEW – J'avançais sur le trottoir, un sourire aux lèvres, de l'espoir plein la tête et soudain, je t'ai vue.

Matthew se tait et regarde intensément Elizabeth comme s'il voulait fixer ce moment.

ELIZABETH – Et ?

MATTHEW – Et… Laisse-moi un instant, je te prie.

ELIZABETH – Tu sais bien que je n'aime pas que l'on me fixe.

MATTHEW – Je ne te fixe pas, je m'imprègne.

ELIZABETH – Là, tu joues sur les mots… Car le résultat est le même pour moi. Donc… Et ?

MATTHEW – Thanks a lot.

ELIZABETH – You're welcome, my love.

Elizabeth stretches in an obvious way.

MATTHEW – You are just trying to seduce me.

ELIZABETH – I know … Let's go back to our first date.

MATTHEW – I was walking on the pavement, a smile on my lips, my head full of hopes and suddenly, I saw you.

Matthew stops talking and looks intensely at Elizabeth, just like he wanted to etch this moment in his mind.

ELIZABETH – And?

MATTHEW – And … hang on a second, please.

ELIZABETH – You know I don't like being stared at.

MATTHEW – I am not staring, I am admiring.

ELIZABETH – Two words meaning the same for me. So … And?

Elizabeth lève sa main droite à hauteur de visage et claque des doigts pour récupérer l'attention de Matthew et qu'il reprenne la parole.

MATTHEW – Sur le coup, j'ai cru que j'avais une hallucination … Mon cœur a dû louper un ou deux battements… Je me suis dit qu'il vaudrait mieux que je fasse demi-tour.

ELIZABETH – Pourquoi ne l'as-tu pas fait ?

MATTHEW – Parce que tu m'as aperçu dans la foule et que tu m'as fait un signe de la main. Alors, j'ai continué d'avancer vers toi.

Elizabeth lève ses deux pouces en l'air en opinant de la tête.

ELIZABETH – Mon héros… Tellement courageux… Et c'est ainsi que tu as fait la connaissance de Jane.

MATTHEW – Tu aurais quand même pu me dire que tu avais une sœur jumelle.

ELIZABETH – C'est sûr… C'est vraiment le genre d'information très facile à placer dans une conversation quand on rencontre quelqu'un. J'aborde rarement mon arbre généalogique avant… Laisse-moi réfléchir… Jamais !

Elizabeth raises her right hand to her face and clicks her finger to catch Matthew's attention again and to make him speak again.

MATTHEW – On the moment, I thought I was hallucinating … My heart must have skipped a beat or two … I even told myself I should turn back.

ELIZABETH – Why didn't you?

MATTHEW – Because you saw me in the crowd, and you waved at me. So, I kept walking to you.

Elizabeth shows her thumbs up, nodding her head.

ELIZABETH – My hero … So brave … And that's how you met Jane.

MATTHEW – You could have told me you had a twin sister.

ELIZABETH – Of course … It's the kind of information very easy to put in a conversation when you first meet someone. I usually don't explain my family tree before … Let me think … Never!

MATTHEW – Ça m'aurait surtout évité de penser que je devenais cinglé.

ELIZABETH – En tous les cas, nous avons passé un très bon après-midi tous les trois.

MATTHEW – Même si ce n'était pas le genre de rendez-vous auquel je m'attendais.

ELIZABETH – Tu n'es jamais content… Tu me fais remarquer que j'aurais pu te prévenir que j'avais une sœur jumelle et la minute d'après, tu me laisses entendre que tu as été déçu de la rencontrer.

MATTHEW – Oh là… Doucement… Je n'ai jamais dit ça… Je pensais juste que nous ne serions que tous les deux pour notre premier rendez-vous.

Elizabeth se met à rire.

ELIZABETH – Oops ! Un premier rendez-vous ? Je le voyais plus comme une prise de contact. J'espère que tu n'as pas cru que j'essayais de te faire un plan à trois ?

MATTHEW – Bien sûr que si… D'où ma déception quand j'ai compris que ça ne l'était pas.

Elizabeth prend son coussin et le jette sur Matthew. Matthew se met à rire à son tour.

MATTHEW – It would have helped me not thinking I was going mad.

ELIZABETH – Anyway, the three of us spent a very good afternoon.

MATTHEW – Even if it wasn't the kind of date I was expecting.

ELIZABETH – You're never happy … You are telling me off for not warning you about my twin sister but one moment after, you are implying that you were disappointed to meet her.

MATTHEW – Hold on … That's not what I said … I was just expecting to be alone with you during our first date

Elizabeth starts laughing.

ELIZABETH – Oops! A first date? For me, it was rather a getting in touch than a first date. I hope you didn't believe I was trying to offer you a threesome.

MATTHEW – Of course I did … That's why I was so disappointed when I realised it wasn't the case.

Elizabeth takes her cushion and throws it to Matthew. Matthew starts laughing too.

ELIZABETH – Sérieusement… Comment l'as-tu vécu ?

MATTHEW – Plutôt bien mais c'était quand même étrange. Jane et toi êtes si semblables.

ELIZABETH – Je crois que ça s'explique par le fait que nous sommes jumelles.

Matthew soupire en souriant.

MATTHEW – Arrête de te moquer… Oui, vous êtes semblables physiquement mais comme je te l'ai dit, encore plus mentalement… Vous êtes perpétuellement connectées l'une à l'autre… Être jumelles à ce point-là, je ne sais pas si c'est aussi fréquent.

ELIZABETH – Alors ?

MATTHEW – Alors quoi ?

ELIZABETH – Alors pourquoi m'as-tu choisie ?

MATTHEW – Que veux-tu dire ?

ELIZABETH – Jane est ma sœur jumelle… Tu viens de me dire que nous sommes parfaitement identiques à tous les niveaux… Alors pourquoi moi et pas elle ?

ELIZABETH – Seriously … How was it for you?

MATTHEW – Quite good even if it was strange. Jane and you are so alike.

ELIZABETH – I think it can be explained by the fact that we are twin sisters.

Matthew sighs, smiling.

MATTHEW – Stop teasing me … Yes, you are physically alike but, as I have told you before, even more mentally … You are always both connected to each other … I don't know if being twins that much is so usual.

ELIZABETH – So?

MATTHEW – So what?

ELIZABETH – So why did you choose me?

MATTHEW – What do you mean?

ELIZABETH – Jane is my twin sister … You just told me that we are perfectly identical in everything in our lives … So why me and not her?

Silence. Un ange passe.

MATTHEW – Parce que tu m'as invité à danser lors de la soirée chez Amanda.

ELIZABETH – Pardon ?

MATTHEW – Parce que tu m'as invité à danser.

ELIZABETH – Tu veux dire que si Jane t'avait invité ce soir-là… Aujourd'hui, elle serait à ma place ?

Matthew sourit et écarte les bras en signe de son impuissance évidente quant au contrôle de son destin.

MATTHEW – A quoi, ça tient !

Devant les yeux exorbités d'Elizabeth, il explose de rire et brandit le coussin.

MATTHEW – Heureusement pour moi… Tu n'as plus de munitions ! Allez… Lève-toi !

La lumière change.

Une musique de Madison se diffuse doucement puis plus fort... Elizabeth et Matthew se lèvent et s'alignent.

ELIZABETH – Tu n'as rien trouvé de plus romantique ?

Silence. Time flies.

MATTHEW – Because you asked me for a dance at Amanda's party.

ELIZABETH – Say that again.

MATTHEW – Because you invited me to dance.

ELIZABETH – You are telling me that if Jane had been the one asking you that night … Today, she would be here instead of me?

Matthew smiles and opens his arms wide to show his lack of control regarding destiny.

MATTHEW – Life remains poised on a knife-edge

Seeing Elizabeth's wide-opened eyes, he bursts into laughing and holds the cushion up.

MATTHEW – Thankfully for my head … you don't have any ammunition left! Come on … Stand up!

The lights change.

A Madison song starts playing, getting louder and louder ... Elizabeth and Matthew stand up in a line.

ELIZABETH – You didn't find anything more romantic?

MATTHEW – Désolé mais c'est sur un Madison que tu m'as invité. Et crois-moi, j'aurais préféré un slow car me retrouver à côté de toi en mouvement et sexy sans pouvoir te toucher a engendré en moi un sentiment de désir intense et de frustration.

ELIZABETH – Vive le Madison !

Elizabeth et Matthew se mettent à danser. Matthew est très concentré sur ce qu'il fait contrairement à Elizabeth qui adapte les pas de cette danse avec beaucoup d'aisance et de félinité tout en tapant dans ses mains à certains moments.

Quand la musique se termine, Elizabeth et Matthew s'arrêtent et se regardent en souriant.

La lumière normale revient dans l'appartement.

MATTHEW – Tu as faim ?

ELIZABETH – Pas vraiment… Mais tu peux dîner si tu veux.

MATTHEW – Je peux encore attendre… Il n'est pas très tard.

ELIZABETH – Le bout de la nuit va nous prendre un peu de temps. Tu risques d'avoir des grenouilles dans le ventre à un moment ou à un autre.

MATTHEW – I'm sorry but you invited me to dance on a Madison music. And believe me, I would have preferred a slow dance because being next to you, moving like this and being sexy, without being able to touch you, created an intense desire and frustration in me.

ELIZABETH – Cheers for the Madison!

Elizabeth and Matthew start dancing. Matthew being very focused on his movements, whereas Elizabeth is adapting the steps with a lot of ease and feline grace, sometimes clapping.

When the song ends, Elizabeth and Matthew stop, looking at each other and smiling.

The lights turn normal again in the flat.

MATTHEW – Are you hungry?

ELIZABETH – Not really … But you can eat if you want.

MATTHEW – I can still wait … It's not that late.

ELIZABETH – The end of the night is going to take a while. Your stomach might rumble anytime.

MATTHEW – J'improviserai un petit plat.

ELIZABETH – Je n'en doute pas un seul instant mais si tu crois t'en sortir avec ton « Tu as faim ? », tu fais fausse route.

MATTHEW – Qu'est-ce que j'ai fait ?

Elizabeth fixe Matthew et interloquée, écarte à son tour les bras et s'exclame.

ELIZABETH – Parce que je t'ai invité à danser !!!

MATTHEW – Tu en es encore là ?

ELIZABETH – Excuse-moi mais… Oui !

MATTHEW – Elizabeth… C'est tout ce qui m'est passé par la tête !

Silence de la part d'Elizabeth.

MATTHEW – Je ne m'attendais pas à cette question. Pour moi, tu as toujours été la seule. Je n'ai jamais envisagé Jane comme une alternative. Je t'ai choisie toi parce que ça ne pouvait être que toi !

ELIZABETH – Continue…

MATTHEW – Je n'ai rien d'autre à ajouter.

MATTHEW – I will improvise something.

ELIZABETH – I have absolutely no doubt about that but, if you think you are going to be saved by your 'Are you hungry?', you are so wrong.

MATTHEW – What have I done?

Elizabeth stares at Matthew and, startled, she opens her arms wide.

ELIZABETH – Because I invited you to dance!!!

MATTHEW – You haven't moved on yet?

ELIZABETH – I'm sorry but … no!

MATTHEW – Elizabeth … That's the first thing that came to my mind!

Silence from Elizabeth.

MATTHEW – I didn't expect this question. For me, you've always been the one. I have never imagined myself with Jane as another possibility. I chose you because it had to be you!

ELIZABETH – Go on …

MATTHEW – I have nothing else to say.

Elizabeth soupire puis retourne s'asseoir sur le canapé. Matthew, le visage légèrement contrit, se laisse tomber sur le fauteuil.

ELIZABETH – J'aurais bien une théorie à t'exposer.

MATTHEW – Alors vas-y car là, je me sens un peu mis en examen et ce n'est pas très agréable.

ELIZABETH – Tu m'as choisie parce que, quand on était ensemble, il y avait un truc spécial… La vie était légère, il y avait une alchimie entre nous…

MATTHEW – Contrairement à Jane qui tentait désespérément, sous nos yeux, de se faire remarquer par ce ringard de Gerry.

ELIZABETH – Exactement.

MATTHEW – Et donc, comme c'était parfait entre nous, ce ne pouvait être que toi.

ELIZABETH – Ce n'était pas parfait et heureusement car nous aurions fini par nous ennuyer… En fait, la perfection n'est pas aussi palpable. Petite, j'adorais les contes de fée. Mais ce qui me gênait, c'était qu'une fois tous les problèmes résolus… l'histoire s'arrêtait…

Elizabeth sighs and goes back to sit on the sofa. Matthew, his face slightly contrite, lets himself fall on the armchair.

ELIZABETH – I may have a theory to suggest.

MATTHEW – Then go on, because I feel like being interrogated and it's not very pleasant.

ELIZABETH – You chose me because, when we were together, something was special … Life was light, there was an alchemy between us …

MATTHEW – Unlike Jane who was desperately trying to make this dumb Gerry notice her, right in front of us.

ELIZABETH – Exactly

MATTHEW – So, as it was perfect between us, it had to be you.

ELIZABETH – Luckily, it wasn't perfect, otherwise we would have got bored … Actually, perfection is not that palpable. When I was little, I loved fairy tales. But what bothered me was that once all the problems were solved ... the story ended …

MATTHEW – Bien sûr qu'elle s'arrêtait… Il n'y avait plus aucun intérêt à suivre les personnages.

ELIZABETH – Parle pour toi... Moi, j'aurais bien voulu connaître la suite mais je me contentais du mot fin, de cette promesse de bonheur absolu et d'un petit bisou sur mon front avant de m'endormir. Alors en ce qui me concerne, la perfection reste un concept intouchable … même si notre nature tend vers elle ! Ce qui est important c'est de combattre pour ses idées, sa liberté… son couple… Ce qui est important c'est de toujours se relever.

MATTHEW – Tout à fait… Et donc, si je récapitule bien : comme ce n'était pas parfait entre nous, ce ne pouvait être que toi ? J'ai du mal à te suivre.

ELIZABETH – C'est juste qu'à trop idéaliser le début de notre histoire, tu en as oublié nos défauts…

MATTHEW – Ils étaient tellement infimes qu'ils ne valent même pas la peine d'être mentionnés.

ELIZABETH – Même celui qui faisait que tu pouvais lire en moi comme dans un livre ouvert ?

MATTHEW – Of course it ended … It was no longer interesting to follow the characters.

ELIZABETH – Speak for yourself … As for me, I would have loved knowing what came after, but I accepted the words 'the end', this promise of an absolute happiness and of a small kiss on my forehead before going to sleep. So, for me, perfection remains an unreachable concept … Even if being human pulls us to reach it! What is important is to fight for your ideas, your freedom … Your pair … What is important is to always rise up again.

MATTHEW – Absolutely! So, if I sum up, as it wasn't perfect between us, it had to be you? I'm confused.

ELIZABETH – I mean that you have so much idealized the beginning of our relationship, that you have forgotten our flaws …

MATTHEW – They were so insignificant that they were not worth being mentioned.

ELIZABETH – Even the one allowing you to read in me like in an opened book?

MATTHEW – Surtout celui-là… J'aimais la façon que tu avais de me regarder… Je me sentais plus beau, plus fort dans le reflet de tes yeux.

ELIZABETH – Tu m'as donc choisie parce que, même si ce n'était pas franchement formulé, tu savais que je craquais pour toi…

MATTHEW – Ce raccourci quant à mes sentiments pour toi me paraît extrêmement réducteur…

ELIZABETH – Et parce que je ne t'ai jamais traité de crétin.

MATTHEW – J'aurais mieux fait de me taire.

ELIZABETH – Et aussi… parce que je t'ai invité à danser !

Elizabeth se met à rire. Elle se lève du canapé et court en direction de la chambre. Elle ouvre la porte, bientôt poursuivie par Matthew.

MATTHEW – Especially that one … I loved your way of looking at me … I always felt more good-looking, stronger in the reflection of your eyes.

ELIZABETH – Then you chose me because you knew I had a crush on you, even if I hadn't said anything …

MATTHEW – This leap to my feelings for you seems extremely reductive …

ELIZABETH – And because I have never told you, you were an idiot.

MATTHEW – I shouldn't have said anything.

ELIZABETH – And also … because I invited you for a dance!

Elizabeth starts laughing. She stands up and runs towards the bedroom. She opens the door, soon chased by Matthew.

Acte II

Le même appartement.

Matthew s'est changé. Il est vêtu d'un T-shirt et d'un pantalon de jogging. La bouilloire est en train de chauffer. Elizabeth sort de la chambre et va s'asseoir sur le canapé. Une nouvelle fois, elle replie ses jambes sur le côté et pose un coussin sur son ventre.

ELIZABETH – Tu te fais un thé ?

MATTHEW – Non ! Je NOUS fais un thé.

ELIZABETH – Je passe mon tour.

MATTHEW – Tu n'as pas faim… Tu n'as pas soif… Tu es vraiment très économique.

Act II

In the same flat.

Matthew has changed his clothes. He is wearing a T-shirt and some sports trousers. The kettle is boiling. Elizabeth comes out of the room and goes to sit on the sofa. Again, she puts her legs on the side and a cushion on her stomach.

ELIZABETH – So, are you making a tea for yourself?

MATTHEW – No! I am making OURselves some tea.

ELIZABETH – Thanks but I'm okay.

MATTHEW – You're not hungry … You're not thirsty … You are not an expensive date.

ELIZABETH – Tout le contraire de Jane… Notre côté « Jumelles » n'a pas assuré sur ce coup-là. Bizarrement, j'ai du mal à m'expliquer le fait que nos deux statures soient restées identiques vu son appétit.

Matthew sourit, sort un mug du placard, y dépose un sachet de thé, puis verse de l'eau bouillante dedans.

MATTHEW – Elizabeth et Jane… Je n'te l'ai jamais dit mais j'ai toujours pensé que ta maman devait être une inconditionnelle de « Orgueil et Préjugés »… Les sœurs Bennett.

Matthew prend le mug et rejoint à son tour, le canapé.

ELIZABETH – Bien vu ! Et heureusement que nous étions des filles… Tu imagines si nous avions été des jumeaux. Notre chère famille aurait fêté l'arrivée d'un Fitzwilliam et d'un Charles dans notre « Home sweet home » et avec ma chance, j'aurais hérité de Fitzwilliam. Magnifique prénom tellement facile à porter.

Matthew se met à rire de bon cœur.

MATTHEW – J'imagine ! Mais elle aurait peut-être plus choisi… Darcy. Il y a des limites aux hommages.

ELIZABETH – The complete opposite of Jane … Our 'twin' characteristic is not alike on that point. Strangely, I have never managed to explain how our figures could stay identical with her appetite

Matthew smiles, takes a cup out of the cupboard, puts a tea bag in it, pours hot water.

MATTHEW – Elizabeth and Jane … I've never told you, but I've always thought that your mum had to be a total fan of *Pride and Prejudice* … The Bennett sisters.

Matthew takes the mug and goes to the sofa.

ELIZABETH – Well done! And luckily, we were girls … Imagine if we had been twin brothers. Our dear family would have celebrated the birth of a Fitzwilliam and of a Charles in our 'home sweet home'. With my luck, I would have been Fitzwilliam. Wonderful name, so easy to bear.

Matthew starts laughing heartily.

MATTHEW – I imagine! But she may have chosen … Darcy. There are limits to tributes.

ELIZABETH – J'aimerais en être aussi persuadée que toi…

Elizabeth reste songeuse tout en enroulant une boucle de ses cheveux autour de son index tandis que Matthew retire le sachet de thé de son mug, le presse puis le lance dans l'évier.

ELIZABETH – Joli tir !... Quoi qu'il en soit… Pour en revenir à ton aveu, je suis bien contente que tu m'en parles car je trouvais bizarre que tu n'aies jamais fait le rapprochement entre nos deux prénoms et les sœurs Bennett.

MATTHEW – Ça m'a interpellé dès le début de notre relation mais j'ai pensé que c'était juste une coïncidence…

ELIZABETH – Parce que tu ne savais pas à quel point « Orgueil et Préjugés » faisait partie de notre vie.

MATTHEW – Exactement… Et puis au fil des mois, en apprenant à mieux te connaître, il est devenu évident que c'était tout sauf une coïncidence… mais je me suis dit que ça ne valait pas la peine d'être évoqué car on avait dû vous le rabâcher des dizaines de fois et que vous deviez en avoir marre.

ELIZABETH – I wish I could be as convinced as you are …

Elizabeth wonders, curling a lock of her hair around her index as Matthew takes the tea bag out of his cup, squeezes it, and throws it in the sink.

ELIZABETH – Nice shot! ... Anyway, to come back to your revelation, I'm happy you told me about it because I thought it was weird, you'd never made the connection between our two names and the Bennett sisters.

MATTHEW – I thought about it at the beginning of our relationship, but I thought it might just be a coincidence …

ELIZABETH – Because you didn't know how much *Pride and Prejudice* was part of our lives.

MATTHEW – Exactly … And then, when I got to know you better during the following months, it was obvious that it was everything but a coincidence … But I thought it wasn't worth telling as you must have heard it a dozen times and you had to be tired of it.

ELIZABETH – C'est vrai qu'on nous a souvent fait cette remarque mais vu que nous avons grandi avec ces personnages, on trouvait ça plutôt sympa... Maman nous a lu le roman quand nous avions dix ans... Chaque soir... C'était un moment tellement spécial de complicité mère-filles. Mais chaque médaille a son revers et malheureusement, ça a éveillé en nous un côté romantique bien difficile à vivre au quotidien.

MATTHEW – J'ai toujours adoré ton côté romantique.

Matthew porte le mug à sa bouche, boit une gorgée de thé, une deuxième, puis repose son mug sur la table basse.

ELIZABETH – Toi oui mais avant toi, j'ai bien galéré.

MATTHEW – A ce point-là ?

ELIZABETH – Pour tout te dire, je pensais que je m'étais trompée d'époque et que jamais, je ne trouverais un homme attentionné qui pourrait me rendre heureuse.

MATTHEW – Parce que tu trouves que Darcy est un homme attentionné ?

ELIZABETH – It's true that we heard it a lot but, as we grew up with the characters, we thought it was pretty cool … Mum would read the novels to us when we were ten … Every night … It was such a special moment of mother-daughters' complicity. But every rose has its thorn and, unfortunately, it turned us into romantic girls, which can be difficult in everyday life.

MATTHEW – I have always loved your romantic side.

Matthew drinks a sip of tea, a second one and puts the cup back on the coffee table.

ELIZABETH – Maybe you love it but before you, I got some pretty scars.

MATTHEW – Was it that bad?

ELIZABETH – To tell you the truth, I thought I wasn't born in the right century and that I would never find an attentive man who could make me happy.

MATTHEW – Do you really consider Darcy as an attentive man?

ELIZABETH – Il est un rien perturbé par ses sentiments pour Elizabeth.

MATTHEW – Un rien perturbé ? Je te trouve bien gentille avec lui.

ELIZABETH – Ce n'est pas de la gentillesse mais de l'empathie… Si tu te mettais à sa place…

MATTHEW – Non merci.

ELIZABETH – Ce que tu peux être immature, parfois.

MATTHEW – Passer de crétin à immature, est-ce un progrès ?

ELIZABETH – Sérieusement ?

Matthew adresse un sourire forcé à Elizabeth qui soupire.

ELIZABETH – Donc, je reprends… Darcy est un rien perturbé par ses sentiments pour Elizabeth. Il ne comprend pas pourquoi il se sent attiré par elle… Jusqu'à combattre cette attirance qui va à l'encontre de la bienséance car Lizzie ne fait pas partie de son monde mais dans le fond, ce n'est pas un mauvais bougre.

ELIZABETH – He is a bit confused about his feelings for Elizabeth.

MATTHEW – A bit confused? I think you're very nice.

ELIZABETH – It's not being nice but being empathic … If you were in his shoes …

MATTHEW – Thanks, but no, thanks.

ELIZABETH – How immature, you can be sometimes!

MATTHEW – From idiot to immature, is that progress?

ELIZABETH – Seriously?

Matthew gives a forced smile to Elizabeth, who sighs.

ELIZABETH – So, where was I? He is a bit confused about his feelings for Elizabeth. He doesn't understand why he is attracted to her … He is even ready to fight this attraction because Lizzie is not part of his world and this would be against the odds … but he is not a bad guy.

MATTHEW – Tu dis ça parce que vous avez fini par voir Colin Firth, interpréter Mr Darcy. Après son passage dans le lac et son apparition en chemise mouillée, je suppose qu'il a eu droit à toutes les excuses possibles par rapport à son comportement.

ELIZABETH – Ça, c'est bien une réflexion de mec !

MATTHEW – Et tu m'as l'air de botter en touche.

Ils se regardent sans parler mais en souriant.

ELIZABETH – Tu ne m'as pas laissé terminer ma phrase.

MATTHEW – Pourtant j'avais comme l'impression que tu avais finie. Mais, je t'en prie… Continue...

ELIZABETH – Ça, c'est bien une réflexion de mec… qui connaît la nature féminine.

MATTHEW – Merci ma chère Elizabeth pour ce compliment qui me semble ne pas en être franchement un.

ELIZABETH – Ta perspicacité est sans limite.

Silence.

MATTHEW – You only say that because you finally saw Colin Firth as Mr Darcy. After his swim in the lake and his wet shirt scene, I guess you managed to find every possible excuse to his behaviour.

ELIZABETH – That is such a man's comment!

MATTHEW – And you don't seem to find anything to reply.

They look at each other without speaking but smiling.

ELIZABETH – You didn't let me finish.

MATTHEW – Yet, I had the impression you were done. But please … continue …

ELIZABETH – That is such a man's comment … who knows women.

MATTHEW – Thank you, my dear Elizabeth for this compliment that doesn't sound like one.

ELIZABETH – Your insight is limitless.

Silence.

MATTHEW – Franchement Elizabeth, ne me dis pas que si tu rencontrais ce Darcy, tu n'aurais pas envie de le massacrer au bout de 5 minutes.

Silence.

Matthew reprend la parole mais sur un ton plus appuyé.

MATTHEW – Franchement Elizabeth, ne me dis pas que si tu rencontrais ce Darcy, tu n'aurais pas envie de le massacrer au bout de 5 minutes !!!

Elizabeth se met à rire.

ELIZABETH – J'adore quand tu joues les offusqués ! Et pour te répondre, je n'en suis pas si sûre…

MATTHEW – Je suppose que tu as tout un tas d'arguments… Alors vas-y… Fais-toi plaisir !

ELIZABETH – Puisque tu me le demandes… Darcy possède la séduction des hommes de son époque… C'est un personnage fictif, certes, mais la lecture est un plaisir qui permet de s'évader loin de son quotidien en générant tout un flot d'émotions. Pourquoi aimer un personnage de roman s'il ne nous donnait pas envie de le rencontrer réellement ?

MATTHEW – Seriously Elizabeth, don't tell me that if you came to meet this Darcy, you wouldn't feel like murdering him after 5 minutes.

Silence.

Matthew speaks again but with a louder voice.

MATTHEW – Seriously Elizabeth, don't tell me that if you came to meet this Darcy, you wouldn't feel like murdering him after 5 minutes!!!

Elizabeth starts laughing.

ELIZABETH – I love it, when you pretend to be offended! And to answer you, I am not sure …

MATTHEW – I suppose you have tons of arguments … so, go on … Be my guest!

ELIZABETH – If you insist … Darcy has this charm, proper to men of that time … He is a fictitious character, right, but reading is a delight that allows you to escape reality and makes you feel a range of emotions. Why would you like a character from a novel if you didn't want to meet him in person?

Matthew lève les yeux au plafond en dodelinant de la tête.

ELIZABETH – Je perds mon temps à essayer de te convaincre… De toute façon, nous ne pourrons jamais nous entendre à ce sujet.

MATTHEW – Je te trouve bien sûre de toi…

ELIZABETH – C'est juste que les hommes n'aiment pas les romans de Jane Austen. Ils n'y voient que des romans à l'eau de rose mais à aucun moment, ils ne comprennent qu'au-delà des histoires d'amour de « Raison et sentiments » ou de « Persuasion », elle évoque la condition féminine qui était loin d'être enviable.

MATTHEW – Mais je ne suis pas un homme comme les autres.

ELIZABETH – C'est certain ! Et je suis bien contente que tu aies accepté mon deal… Je t'ai fait grâce de la lecture de ces romans à condition de regarder les films en ma compagnie.

MATTHEW – Et en prime, je les ai même aimés !

ELIZABETH – Tu peux me dire la vérité… Depuis le temps, il y a prescription.

Matthew rolls his eyes, shaking his head.

ELIZABETH – I am wasting my time trying to convince you … Anyway, we will never get along on this topic.

MATTHEW – You're really confident about that …

ELIZABETH – It's just that men don't like Jane Austen's books. In them, they only see romance novels, they never understand that, beyond the love stories in *Sense and Sensibility* and *Persuasion*, she brings the feminine condition up, a condition that was far from being desirable.

MATTHEW – But I'm not any man.

ELIZABETH – That's certain! And I am so happy you accepted my deal … I wouldn't make you read the novels if you watched the movies with me.

MATTHEW – And, as a bonus, I even liked them!

ELIZABETH – You can tell me the truth … It has been so long, it's time to move on.

MATTHEW – Non vraiment !

ELIZABETH – Tu m'en diras tant.

MATTHEW – Et je te le prouve…
« Au mariage des cœurs aimants, je n'admets pas d'obstacles
Cet amour n'est pas l'amour qui change quand il trouve ailleurs changement
Ou pire qui se trouve remplacé par le remplacement
Il est invariable tel à la mer qui affronte les tempêtes et que jamais rien n'ébranle »

ELIZABETH – Le sonnet 116…

MATTHEW – Est-ce que cela fait de moi un homme romantique ?

ELIZABETH – Si tu m'avais fait cette révélation plus tôt, je crois que j'aurais pu te demander en mariage.

MATTHEW – Pardon ? Tu m'as toujours dit que tu ne voulais pas te marier !

ELIZABETH – Mais avec l'aide de Shakespeare, tu aurais pu arriver à me convaincre.

MATTHEW – Charmant.

MATTHEW – No, I really liked them

ELIZABETH – You don't say!

MATTHEW – And I can prove it to you …
'Let me not to the marriage of true minds
Admits impediments. Love is not love
Which alters when it alteration finds,
Or bends with the remover to remove:
O, no! it is an ever-fixed mark,
That looks on tempests and is never shaken'

ELIZABETH – Sonnet 116 …

MATTHEW – Am I not a romantic man?

ELIZABETH – If you had told me that before, I think I could have proposed to you.

MATTHEW – Excuse me? You have always told me you didn't want to get married!

ELIZABETH – But with Shakespeare's help, you could have convinced me.

MATTHEW – Charming!

ELIZABETH – Matthew, tu sais bien que ça n'a rien de personnel… Souviens-toi… Je t'ai déjà raconté que quand j'avais huit ans, maman… encore elle… commençait à regarder le « Hamlet » de Kenneth Branagh…

MATTHEW – Et tu t'es installée sur le canapé, à côté d'elle et elle n'a toujours pas compris comment tu as pu rester durant quatre heures devant ce film… Et toi non plus.

ELIZABETH – Une fascination sans doute.

MATTHEW – Pour Hamlet-Kenneth ou pour William ?

ELIZABETH – Les deux, certainement…

MATTHEW – Continue…

ELIZABETH – Ce jour-là, mon horizon s'est ouvert sur l'univers de Shakespeare… Et Kenneth a contribué à prolonger cette découverte parce que j'étais bien trop jeune pour lire les œuvres de mon cher William mais pas pour regarder des films… Et je te jure que « Beaucoup de bruit pour rien » m'a transporté vraiment loin.

MATTHEW – Et mine de rien… nous revoilà plongés dans une comédie romantique.

ELIZABETH – Matthew, you know it's not personal … Remember … I've already told you that when I was eight, mum … again … started to watch *Hamlet* by Kenneth Branagh …

MATTHEW – And you sat down on the sofa, next to her, and she still can't figure out how you managed to watch this movie of four hours … Neither can you.

ELIZABETH – I was probably fascinated.

MATTHEW – By Hamlet-Kenneth or by William?

ELIZABETH – Certainly both …

MATTHEW – Go on …

ELIZABETH – That day, my horizon widened, and I entered the world of Shakespeare … And Kenneth contributed to extend my discovery because I was too young to read the work of my dear William but not to watch the movies … And I swear that *Much Ado About Nothing* took me to another reality.

MATTHEW – And without realising it … we are back in a romcom.

ELIZABETH – Ne me lance pas sur ce sujet, tu te rappelles mon mémoire de master ?

MATTHEW – Je me rappelle que tu m'en as longuement parlé.

ELIZABETH – Ton « longuement » n'est pas top. On dirait que ça t'a un peu saoulé.

MATTHEW – Non ! … C'était très intéressant mais je ne me souviens plus du titre exact.

ELIZABETH – Les couples dans « Beaucoup de bruit pour rien » et « Orgueil et préjugés », trois époques, deux auteurs, une seule vision ?

MATTHEW – C'est ça… Tout un programme. Et je vais donc m'abstenir de faire le moindre commentaire en rapport avec ces deux œuvres. Tu vas me descendre en flèche.

ELIZABETH – Comme si je n'étais pas de nature conciliante.

MATTHEW – Disons que parfois, ton côté passionné prend nettement le dessus et…

ELIZABETH – Et ?

MATTHEW – J'adore quand tu es comme ça.

ELIZABETH – Don't get me started, do you remember my master's thesis?

MATTHEW – I remember you told me a lot about it.

ELIZABETH – Your 'a lot' is not great. You sound like you've had enough.

MATTHEW – No! ... It was very interesting, but I don't remember the exact title.

ELIZABETH – 'The couples in *Much Ado About Nothing* and *Pride and Prejudice*, three eras, two authors, one vision?'

MATTHEW – That's it … It's full on. Therefore, I will prevent myself from commenting on anything related to these two works. I will not take any risks.

ELIZABETH – As if I wasn't an accommodating person.

MATTHEW – Let's say that sometimes, your passionate side overwhelms you …

ELIZABETH – And?

MATTHEW – I love when you are like this.

ELIZABETH – Et j'aime que tu m'adores aussi pour ça.

Elizabeth envoie un baiser soufflé à Matthew, qui l'attrape et le dépose en ouvrant sa main sur son cœur. Puis il se penche et prend son mug de thé.

ELIZABETH – Je veux juste te dire que j'ai beaucoup étudié ces deux œuvres et je me suis aperçue que la vision que l'on peut en avoir, change considérablement avec l'âge que l'on a, lorsqu'on les découvre. Quand j'avais dix ans, j'admirais Elizabeth, sa vivacité d'esprit et son esprit combatif.

Elizabeth fronce les sourcils, songeuse quant à son interprétation de jeunesse.

MATTHEW – Mais…

Elizabeth se lève et se met à marcher de long en large, emportée par la passion.

ELIZABETH – And I love that you also love me for this.

Elizabeth blows a kiss to Matthew, who catches it and opens his hand on his heart. Then, he takes his cup in his hands again.

ELIZABETH – I just want to tell you that I have studied these two works deeply and I have noticed that the vision you can have of them considerably changes depending on your age when you discover them. When I was ten, I admired Elizabeth, her wits and her fighting spirit.

Elizabeth frowns, wondering about her younger interpretation.

MATTHEW – But …

Elizabeth stands up and starts pacing, overwhelmed by her passion.

ELIZABETH – Mais à vingt-deux ans, j'ai remarqué qu'elle se laissait en réalité emporter par ses émotions et agissait parfois comme une jeune fille arrogante et exaspérante, si sûre d'elle-même que rien ne pouvait ébranler ses convictions. Alors quand tu me demandes quelle serait ma réaction si je rencontrais Darcy, j'ai envie de te dire que ce n'est pas une question qui entre dans le domaine du fantasme parce qu'en regardant autour de soi, il est très facile de s'apercevoir que ces personnages sont proches de certains hommes et femmes contemporains.

MATTHEW – Jamais un homme, de nos jours, n'écrira une lettre comme celle de Darcy à Elizabeth.

ELIZABETH – Peut-être… mais là encore, je te trouve bien catégorique. Je pense que le côté romantique tel que l'on pouvait le concevoir à l'époque de Jane Austen s'est modifié au fil du temps car aujourd'hui, les gens ont entamé une course contre la montre qui les empêche d'être attentifs aux autres et de ce fait, moins attentionnés mais les personnalités sont toujours là.

MATTHEW – Juste comme ça pour étayer ton discours, tu pourrais me donner un exemple ?

ELIZABETH – But when I was twenty-two, I realised that she was actually overwhelmed by her emotions and sometimes behaved like an arrogant and infuriating young woman, so full of herself that nothing could shake her convictions. So, when you ask me what my reaction would be if I met Darcy, it is not a foolish question or something that will never happen. Because if you look around you, it's very easy to see that some men and women of today behave like some of these characters.

MATTHEW – Nowadays, no man will write a letter like Darcy's to Elizabeth.

ELIZABETH – Maybe ... but once again, you seem to be quite certain. I think that the romantic side approached during Jane Austen's time has changed throughout the years because today, people rush against time, and they can't pay attention to others. Therefore, they are less attentive, but the characteristics are still there.

MATTHEW – Just to support your speech, could you give me an example of what you're saying?

Elizabeth soupire, concentrée, tout en marchant de plus en plus lentement. Un sourire apparaît sur son visage. Elle revient près du canapé et s'assied.

ELIZABETH – Pourquoi un film comme « Quand Harry rencontre Sally » a-t-il eu autant de succès ?

MATTHEW – Parce que c'est une comédie romantique.

ELIZABETH – Exact mais pas que… ce film est devenu LE film référence en matière de comédie romantique. Dans cette histoire, on retrouve un homme et une femme qui, avant de tomber amoureux, n'arrivent pas à s'entendre, échangeant souvent de longues joutes verbales… et en parallèle, un couple d'amis qui vit le parfait amour dès leur première rencontre. Ce n'est pas une adaptation cachée des œuvres de Jane Austen et de Shakespeare mais un scénario original. Et pourtant, on y retrouve les tenants et les aboutissants chers à ces deux auteurs.

MATTHEW – Mais ça reste un film.

ELIZABETH – Les films, ce sont quand même des histoires qui peuvent arriver.

La lumière baisse.

Elizabeth sighs, focused, her pacing slowing down. A smile appears on her face. She comes back to the couch and sits.

ELIZABETH – Why is a movie like '*When Harry met Sally'* so popular?

MATTHEW – Because it's a romcom.

ELIZABETH – True but not only that … This movie became THE reference movie for romcoms. In this story, you see a man and a woman who, before falling in love with each other, don't get along, often exchanging long verbal jousting … and on the other hand, you have the couple of friends who has been living the perfect love since they first met. It's not an adaptation of Jane Austen's or Shakespeare's works but an original story. And yet, you have the same elements of plot so dear to these two writers

MATTHEW – But it's still a movie.

ELIZABETH – Movies are also stories that can happen

The lights soften.

Une projection contre le mur commence... « Quand Matthew rencontre Elizabeth... à Greenwich Park »

« Matthew, assis sur une couverture en train de jouer de la guitare pendant qu'Elizabeth sort des sandwichs de son sac à dos.

Elizabeth et Matthew, lunettes noires, allongés côte à côte sur la même couverture, prenant le soleil en se tenant par la main.

Elizabeth, assise sur la branche d'un arbre, Matthew au pied de l'arbre en train de jouer la scène du balcon de « Roméo et Juliette ».

« ROMÉO – Oh ! Vas-tu donc me laisser si peu satisfait ?
JULIETTE – Quelle satisfaction peux-tu obtenir cette nuit ?
ROMÉO – Le solennel échange de ton amour contre le mien.
JULIETTE – Mon amour ! je te l'ai donné avant que tu l'aies demandé. Et pourtant je voudrais qu'il fût encore à donner.
ROMÉO – Voudrais-tu me le retirer ? Et pour quelle raison, mon amour ?
JULIETTE – Rien que pour être généreuse et te le donner encore. »

A screening against the wall starts... 'When Matthew met Elizabeth ... in Greenwich Park'

'Matthew is sitting on a blanket and playing the guitar while Elizabeth is taking some sandwiches out of her rucksack.

Elizabeth and Matthew, wearing black sunglasses, lying down next to each other on the same blanket, sunbathing and holding each other's hand.

Elizabeth is sitting on a tree branch, Matthew is at the bottom of the tree, playing the balcony scene from 'Romeo and Juliet'.

'ROMEO – O, wilt thou leave me so unsatisfied?
JULIET – JULIET – What satisfaction canst thou have to-night?
ROMEO – The exchange of thy love's faithful vow for mine.
JULIET – I gave thee mine before thou didst request it: And yet I would it were to give again.
ROMEO – Wouldst thou withdraw it? for what purpose, love?
JULIET – But to be frank, and give it thee again.'

Elizabeth qui court en criant et riant avec Matthew qui la poursuit.

Elizabeth, assise en tailleur sur la même couverture en train de lire et Matthew, à côté d'elle, en train de travailler sur son ordinateur portable.

Elizabeth et Matthew à plat-ventre sur l'herbe en train de prendre un écureuil en photo avant que la séance ne s'interrompe du fait de leur étreinte.

Matthew faisant un gros câlin à un arbre pendant qu'Elizabeth lui fait signe qu'elle est là, feignant une exaspération amusée en levant les yeux au ciel.

Elizabeth qui chante à tue-tête à Matthew, un rien gêné (les promeneurs se retournant sur eux), le refrain de la chanson « I will always love you ».

Elizabeth et Matthew de dos, qui marchent main dans la main sous la pluie, s'arrêtent, s'enlacent et s'embrassent.

The End »

Le salon est plongé dans la pénombre puis la lumière revient.

Elizabeth is running, screaming and laughing, while Matthew is running after her.

Elizabeth is sitting cross-legged on the same blanket, reading, while Matthew, next to her, working on his laptop.

Elizabeth and Matthew are lying flat on their stomachs on the grass, taking a picture of a squirrel before interrupting the photo shoot with an embrace.

Matthew is hugging a tree while Elizabeth is waving to him, pretending to be exasperated and rolling her eyes.

Elizabeth is singing heartily the chorus of 'I Will Always Love you' to Matthew, who is a tiny bit embarrassed (as people turn to watch them).

Elizabeth and Matthew are seen from behind, walking hand in hand under the rain, stopping, hugging and kissing.

The End'

The living room is plunged in the dark. The lights turn normal again.

ELIZABETH – Matthew… Regarde-moi dans les yeux et ose me dire que notre histoire n'a rien d'une comédie romantique.

MATTHEW – Tu connais déjà ma réponse…

La sonnette de la porte retentit.
Matthew soupire en jetant un regard empli de lassitude à Elizabeth. Silence.

La sonnette retentit à nouveau.

ELIZABETH – Si tu allais ouvrir ?

MATTHEW – Je n'en ai pas envie.

ELIZABETH – Je comprends mais il va falloir que tu le fasses quand même.

Elizabeth se lève et se dirige vers la chambre en faisant un petit signe des doigts à Matthew.

MATTHEW – Et pourquoi tu n'vas pas ouvrir puisque tu es debout ?

ELIZABETH – Parce que je vais prendre une douche.

MATTHEW – Là… Maintenant ? Alors qu'on a de la visite ?

ELIZABETH – Matthew … Look at me in the eyes and tell me that our story is not a romcom.

MATTHEW – You already know my answer …

The doorbell rings.
Matthew sighs, looking at Elizabeth in a weary way. Silence.

The doorbell rings again.

ELIZABETH – You should answer that

MATTHEW – I don't want to.

ELIZABETH – I understand, but you will have to.

Elizabeth gets up and goes to her bedroom, waving her fingers to Matthew.

MATTHEW – Why are you not answering that as you are up?

ELIZABETH – Because I'm going to have a shower.

MATTHEW – Just now? When someone is at the door?

ELIZABETH – Tout à fait exact… Et si je ne suis pas là, ce sera plus facile pour toi de te débarrasser de l'importun qui vient nous déranger dans notre soirée « Jusqu'au bout de la nuit ».

MATTHEW – Pourquoi faut-il toujours que tu trouves les bons arguments ?

ELIZABETH – A toi de me le dire.

Sans laisser le temps à Matthew de répondre, Elizabeth ouvre la porte de la chambre et disparaît de la pièce.

Matthew reste assis sur le canapé et boit une gorgée de son thé. La sonnette retentit une 3ème fois. Matthew dodeline de la tête, il pose son mug sur la table basse, se lève et se dirige sans entrain vers l'entrée.

Il colle son front contre la porte, soupire profondément puis l'ouvre.

JANE – Hello Matt…

Jane est sur le palier, bien emmitouflée dans une veste doudoune, un bonnet et une écharpe col.

MATTHEW – Salut Jane...

JANE – J'ai failli partir… Même s'il fait moins froid dans cette cage d'escalier que dehors…

ELIZABETH – Absolutely … and if I'm not there, it will be easier for you to get rid of this inconvenience who is disturbing our evening 'till the end of the night'.

MATTHEW – Why do you always find the right arguments?

ELIZABETH – You tell me

Without giving Matthew time to answer, Elizabeth opens the bedroom door and disappears into the room.

Matthew remains seated on the couch and takes a sip of his tea. The doorbell rings for the third time. Matthew shakes his head, puts his cup back on the coffee table, gets up and goes to the door, without any enthusiasm.

He puts his forehead against the door, sighs deeply and opens the door.

JANE – Hello Matt …

Jane is on the landing, wrapped up in a winter coat, a woolly hat and a big scarf.

MATTHEW – Hi Jane …

JANE – I nearly left … Even if it's warmer in this staircase than outside …

Silence de la part de Matthew.

JANE – … Peut-être que je dérange ?

MATTHEW – Disons que ce n'est pas le bon moment.

JANE – Je me suis dit que je pouvais passer… J'avais envie de prendre des nouvelles.

MATTHEW – Tu sais comme c'est… On est pris dans le tourbillon de la vie et on ne s'aperçoit pas que le temps passe.

JANE – C'est vraiment une sale excuse.

MATTHEW – Tu préfères peut-être que je parle de ta dispute avec Elizabeth ?

Silence et regard perplexe de Jane.

JANE – Tu m'en veux encore pour ça ? Ça fait plus d'un an !

MATTHEW – Et alors ?

JANE – Alors, je ne pensais pas être interdite de séjour dans cet appartement où nous avons passé de si beaux moments.

MATTHEW – Tu ne l'es pas.

Silence from Matthew.

JANE – … Am I interrupting something?

MATTHEW – Let’s say that it’s not the right time.

JANE – I thought I could stop by … I wanted to have some news.

MATTHEW – You know how it is … Life is so busy that we don’t see it passing by.

JANE – It’s such a lame excuse.

MATTHEW – Maybe you would prefer talking about your dispute with Elizabeth.

Silence and puzzled eyes from Jane.

JANE – Are you still mad at me about that? It was more than a year ago!

MATTHEW – And?

JANE – And I didn’t think I was denied entry to this apartment, where we spent such wonderful moments.

MATTHEW – You’re not.

JANE – Dans ces conditions, pourquoi n'ai-je plus de nouvelles de toi ? Elizabeth et moi, c'est une histoire qui durera toujours, cette dispute ne nous a pas éloignées l'une de l'autre.

MATTHEW – Il n'empêche que ça lui a brisé le cœur.

Matthew regarde du côté de la chambre.

JANE – Est-ce que je peux entrer ?

Sans attendre la réponse de Matthew, Jane fait deux pas et pénètre dans l'entrée de l'appartement. Matthew ne bouge pas. Jane lui fait face sans avancer plus.

MATTHEW – Pas ce soir… J'ai d'autres projets.

JANE – Je ne sais pas pourquoi mais j'ai l'impression que tu cherches à m'éloigner.

MATTHEW – Peut-être parce que je viens de te dire « Pas ce soir… J'ai d'autres projets ».

Jane pouffe en dodelinant de la tête.

JANE – Ce doit être ça. Et je suppose que si je te demande la nature de tes projets, tu vas me répondre que ça ne me regarde pas.

MATTHEW – C'est personnel.

JANE – Okay, so if I'm not, why don't you give me any news? Elizabeth and I, it's a story that will last forever, this dispute did not make us grow apart.

MATTHEW – Anyway, it broke her heart.

Matthew looks at the bedroom.

JANE – Can I come in?

Without waiting for Matthew's answer, Jane takes two steps and comes in the entrance of the flat. Matthew does not move. Jane is facing him, without coming in further.

MATTHEW – Not tonight … I have other plans.

JANE – I don't know why, but I have the feeling that you are trying to make me go.

MATTHEW – Maybe because I just told you 'Not tonight … I have other plans'.

Jane chuckles, shaking her head.

JANE – That must be that. And I guess that if I'm asking you about your plans, you are going to tell me that I should mind my own business.

MATTHEW – It's personal.

JANE – Je tenterais bien un « Tu dois te rendre à la salle de sport ».

MATTHEW – Il se pourrait, effectivement, que j'aille y faire un tour. Sherlock est ton deuxième prénom ?

JANE – Être détective consultant, ce serait sympa mais c'est juste un simple constat… J'ai relevé quelques indices.

MATTHEW – Lesquels ?

JANE – Tu as l'air en forme.

MATTHEW – Tes quelques indices se résument à « Tu as l'air en forme » ?

JANE – Disons que lorsque ça saute à ce point aux yeux, il n'y a pas de raison d'en chercher d'autres.

MATTHEW – Merci pour le compliment mais je crois que j'ai encore un peu de ventre à perdre.

Jane sourit et pose sa main sur l'avant-bras de Matthew qui se raidit quelque peu.

JANE – Ne sois pas si exigeant avec toi-même ! Personne n'est parfait et tu devrais te souvenir de cette phrase mieux que quiconque.

JANE – I would venture one 'you need to go to the gym'.

MATTHEW – Indeed, I may go there later. Is Sherlock your middle name?

JANE – To be a consulting detective would be nice but it's a simple assessment … I picked up a few clues.

MATTHEW – Which ones?

JANE – You look in good shape.

MATTHEW – Is that all? Do your few clues just consist in: 'You look in good shape'?

JANE – Let's say that when it's so obvious, I don't have any reason to look for others.

MATTHEW – Thanks for the compliment, but I think I still have some weight to lose, especially a little belly.

Jane smiles and puts her hand on Matthew's forearm. He stiffens.

JANE – Don't be so hard on yourself! Nobody's perfect, and you should remember this sentence better than anyone else.

Matthew sourit à son tour tout en dégageant la main de Jane de son avant-bras.

MATTHEW – C'est vrai que la première sortie de notre trio s'est terminée au cinéma pour une rétrospective Billy Wilder.

JANE – Exact et que tu acceptes de voir « Certains l'aiment chaud » nous avait bien scotchées Elizabeth et moi.

MATTHEW – Scotchées ! Rien qu'ça !

JANE – J'ai croisé peu d'hommes dans ma vie qui ont acceptés de payer une place de cinéma pour voir ce film alors qu'il passe régulièrement à la télévision et…

Jane, l'air concentré, fait une pause dans sa phrase.

MATTHEW – Et ?

JANE – Et, désolée, mais en fait, il n'y en a qu'un… et c'est toi ! Alors, je pourrais même aller jusqu'à dire que tu nous as… subjuguées.

Matthew fronce des sourcils tout en répétant.

MATTHEW – Subjuguées.

JANE – Je me rappelle que tu as adoré Tony Curtis.

Matthew smiles too, taking Jane's hand off his forearm.

MATTHEW – It's true that our first outing as a trio ended up in a cinema for a Billy Wilder retrospective.

JANE – True, and your consent to watch 'Some Like It Hot' left Elizabeth and me speechless.

MATTHEW – Speechless! No less!

JANE – I met few men in my life who accepted to pay a cinema ticket to watch a film, whereas it is regularly broadcasted on TV and …

Jane, looking focused, paused in the middle of the sentence.

MATTHEW – And?

JANE – And, sorry, but actually, I have only met one … And it's you! So, I could even say that Elizabeth and I were … captivated.

Matthew frowns as he repeats.

MATTHEW – Captivated.

JANE – I remember that you loved Tony Curtis.

MATTHEW – C'est vrai mais c'est Jack Lemmon qui a droit au célèbre « Personne n'est parfait ».

JANE – Ne chipote pas… Je faisais juste référence à la morale de l'histoire.

MATTHEW – Morale qui excuse tout ?

JANE – Non mais ça peut parfois permettre de comprendre, d'accepter et de ne pas juger… Enfin pas trop.

MATTHEW – Alors, tu ne m'en voudras pas trop si je te demande de retourner chez toi et que je referme cette porte ?

JANE – Je suppose que non. A plus tard, Matt.

Jane sort de l'appartement.

MATTHEW – A un d'ces jours, Jane.

Matthew est en train de fermer la porte quand Jane reprend la parole.

JANE – Pour ma dispute avec Elizabeth…

Matthew continue de fermer la porte.

MATTHEW – Laisse tomber.

Matthew ferme complètement la porte.

MATTHEW – It's true but it's Jack Lemmon who says the famous 'Nobody's perfect'.

JANE – Don't be difficult … I was just referring to the moral of this story.

MATTHEW – That Moral that excuses everything?

JANE – No but it can help to understand, to accept and not to judge … well, judge less.

MATTHEW – So, you won't hold it against me, if I ask you to go back home and close this door?

JANE – I suppose not. See you later, Matt.

Jane exits the flat.

MATTHEW – See you around Jane.

Matthew is about to close the door while Jane resumes:

JANE – About my dispute with Elizabeth …

Matthew starts closing the door.

MATTHEW – Never mind.

Matthew closes the door completely.

Acte III

Le salon.

Elizabeth sort de la chambre, en peignoir de bain. Matthew est toujours debout dans l'entrée puis se dirige vers le canapé.

ELIZABETH – Qui était-ce ?

MATTHEW – Jane.

ELIZABETH – Jane ? Et pourquoi est-elle déjà partie ?

MATTHEW – Peut-être parce que je lui ai demandé de partir.

ELIZABETH – Ce n'était pas la meilleure idée de ta journée.

Act III

In the living room.

Elizabeth exits the bedroom, in a bathrobe. Matthew is still standing in the entrance and then goes to the sofa.

ELIZABETH – Who was it?

MATTHEW – Jane.

ELIZABETH – Jane? Why did she already leave?

MATTHEW – Maybe because I asked her to.

ELIZABETH – It was not your best idea of the day.

MATTHEW – Je ne suis pas d'accord. Notre soirée frôle la perfection et je n'avais pas envie qu'une tierce personne vienne y mettre fin.

ELIZABETH – Je me demande bien quelle tête ferait Jane si elle savait que tu la traites de « Tierce personne » ?

MATTHEW – Vraisemblablement la même que la tienne quand tu m'as entendu la traiter de « Tierce personne ».

ELIZABETH – Exact !... Mais elle aurait pu rester... Au début de notre relation, nous avons passé tellement de temps tous les trois.

MATTHEW – Je sais et c'était toujours génial mais pas ce soir.

ELIZABETH – Matthew... Tu dois arrêter.

MATTHEW – Arrêter quoi ?

ELIZABETH – De te couper des autres pour ne rester qu'avec moi.

MATTHEW – Mais c'est ce dont j'ai envie, mon cœur.

MATTHEW – I don't agree. Our evening is close to perfection and I didn't feel like having a third person coming to end it.

ELIZABETH – If Jane knew that you called her a 'Third person', I wonder what face she would make?

MATTHEW – Probably like yours when you heard me calling her 'third person'.

ELIZABETH – Exactly! ... But she could have stayed … At the beginning of our relationship, we spent so much time together, the three of us.

MATTHEW – I know, and it has always been great, but not tonight.

ELIZABETH – Matthew … You have to stop.

MATTHEW – Stop what?

ELIZABETH – Shutting yourself from other people to only stay with me.

MATTHEW – But this is what I want, sweetheart.

ELIZABETH – Tu vas finir seul avec, pour unique compagnie, ta petite-amie défunte qui n'est que le fruit de ton imagination… C'est de cela dont tu as envie ?

Matthew fixe Elizabeth en fronçant les sourcils. Son expression est douloureuse. Il s'emporte quelque peu.

MATTHEW – Arrête de dire que tu es morte ! Tu es bien là, devant moi et ce que nous vivons n'est pas un simulacre de relation ! Ça ne l'a jamais été et ça ne le sera jamais !

Le ton d'Elizabeth monte également.

ELIZABETH – Bien sûr que ça le deviendra !

Silence de Matthew.

ELIZABETH – Ça le deviendra car je ne suis plus vraiment moi mais bien une représentation de la femme idéale… Tu sais, ce fameux statut que la mort donne aux êtres chers !

MATTHEW – Je ne ferai jamais de toi ce genre de femme.

ELIZABETH – You are going to end up alone, with for only company, your dead girlfriend who is only the fruit of your imagination … Is it what you want?

Matthew stares at Elizabeth, frowning. He seems hurt. He gets upset.

MATTHEW – Stop saying you're dead! You are here, in front of me, and what we have is not a mockery of a relationship! It's never been and will never be one!

Elizabeth's tone becomes sharper too.

ELIZABETH – Of course it will become one!

Silence from Matthew.

ELIZABETH – It will become one, because I'm no longer really me. I've become your idea of the perfect woman … You know, this status that Death gives to our beloved ones!

MATTHEW – I will never turn you into this kind of woman.

ELIZABETH – Tu ne feras jamais de moi ce genre de femme… Tu vois bien que j'ai raison… Cette phrase prouve tellement que c'est toi qui as le contrôle de ma non-existence. Je ne suis là que parce que tu le veux.

MATTHEW – Et alors ?

ELIZABETH – Alors, tu es vivant !

MATTHEW – Et qu'est-ce que cela m'apporte ?

ELIZABETH – A toi de me le dire.

MATTHEW – Une douleur insurmontable !

Matthew se laisse tomber sur le canapé et cache son visage derrière ses mains. Il se met à sangloter.

MATTHEW – Je n'en peux plus, Elizabeth ! Je n'arrive pas à vivre sans toi.

Elizabeth s'agenouille devant lui et pour la première fois, entre en contact avec Matthew. Elle pose ses mains sur les siennes et lui dégage le visage.

ELIZABETH – Je suis tellement désolée de t'avoir laissé. Je me suis battue mais mes blessures étaient trop importantes.

ELIZABETH – You will never turn me into this kind of woman ... Don't you see I'm right? ... This sentence is such a proof of your control over my non-existence. I am only here because you want me to be.

MATTHEW – So what?

ELIZABETH – So, you're alive!

MATTHEW – And what is it to me?

ELIZABETH – You tell me.

MATTHEW – An unbearable pain!

Matthew lets himself drop on the sofa and hides his face behind his hands. He starts sobbing.

MATTHEW – I can no longer bear it, Elizabeth! I can't live without you.

Elizabeth kneels down in front of him and for the first time, touches him. She puts her hands on his and takes them away from his face.

ELIZABETH – I am so sorry for leaving you. I've fought so hard, but my wounds were too serious.

MATTHEW – Si tu es désolée de m'avoir laissé, pourquoi me demandes-tu de te laisser partir une seconde fois ?

ELIZABETH – Je ne te demande rien de tel… Juste que tu laisses de nouveau entrer la vie dans ton cœur.

MATTHEW – Et cette vie, c'est Jane qui va me l'apporter ?

ELIZABETH – Pourquoi pas ? Après tout, c'est la seule femme au monde qui se rapprochera le plus de moi. Laisse-la au moins revenir dans ton existence !

MATTHEW – Tais-toi Elizabeth !

ELIZABETH – Pourquoi ?

MATTHEW – Parce que tu n'te rends pas compte de ce que tu es en train de dire… C'est carrément malsain !

ELIZABETH – Dans le genre « idées malsaines », je pense que tu as largement de l'avance sur moi. Que penserait ton entourage si tout le monde savait que tu passes tes soirées à parler avec ta compagne… Celle-là même qui est décédée, il y a un an ?

MATTHEW – If you're sorry for leaving me, why are you asking me to let you go a second time?

ELIZABETH – I'm not asking you that … I'm only asking you to allow life to come into your heart again.

MATTHEW – And so, you think that Jane is the one who is going to bring me this life?

ELIZABETH – Why not? After all, she is the only woman who will be as close to me as possible. Let her come back in your life, at least!

MATTHEW – Stop talking Elizabeth!

ELIZABETH – Why?

MATTHEW – Because you don't even realise what you're telling me … It's really morbid!

ELIZABETH – Talking about morbid, I think you're quite ahead of me. What would your family and friends think if they knew you're spending your evenings talking to your girlfriend … The same one who died a year ago?

MATTHEW – Je n'ai pas l'intention d'en parler à qui que ce soit.

ELIZABETH – On se demande bien pourquoi.

MATTHEW – Ça ne regarde personne à part moi… à part nous.

ELIZABETH – Tu penses sérieusement que ton attitude solitaire ne va pas attirer l'attention. Ils finiront par comprendre.

Matthew fait non de la tête et finit par exploser.

MATTHEW – Je m'en fous !!!

ELIZABETH – Et Jane ?

MATTHEW – Quoi, Jane ?

ELIZABETH – Tu ne penses pas que sa souffrance est également insurmontable. Elle a perdu son double… Celle avec qui elle avait toujours vécue. Nous étions tellement proches qu'elle a dû sombrer dans un gouffre béant.

MATTHEW – Je sais.

ELIZABETH – As-tu fait le moindre pas vers elle depuis un an ?

MATTHEW – I am not planning on telling anyone.

ELIZABETH – That's surprising!

MATTHEW – It's my business … our business.

ELIZABETH – Do you seriously think that your lonely existence is not going to raise questions? They will understand.

Matthew shakes his head and shouts.

MATTHEW – I don't care!!!

ELIZABETH – And Jane?

MATTHEW – What about Jane?

ELIZABETH – You don't even think that her pain is unbearable too. She has lost her twin … The person she's lived with for her whole life. We were so close that she must have felt so much despair.

MATTHEW – I know.

ELIZABETH – Have you done anything for her since last year?

MATTHEW – Comment peux-tu me demander ça ?

ELIZABETH – Parce que je veux te l'entendre dire.

Silence. En pleine débâcle émotionnelle, Matthew respire de plus en plus vite et fort.

MATTHEW – Je ne peux pas !

Silence. Elizabeth attend sans rien dire que Matthew reprenne la parole.

MATTHEW – C'est au-dessus de mes forces ! Me retrouver en face d'elle et bavarder, ce serait comme me retrouver en face de toi et te parler tout en sachant qu'elle n'est pas toi et ne le sera jamais. Et que tu es partie et que plus jamais…

Silence de Matthew dont la voix s'est brisée.

ELIZABETH – Plus jamais...

Matthew, le regard éperdu, s'exclame.

MATTHEW – … Plus jamais, tu ne pourras m'embrasser en passant ta main dans mes cheveux en me chuchotant que tu m'aimes ! … Tu es contente ?!!

MATTHEW – How can you even ask me about that?

ELIZABETH – Because I want to hear you tell me.

Silence. Matthew is breathing more and more quickly and loudly, while struggling with his emotions.

MATTHEW – I can't!

Silence. Elizabeth is waiting for Matthew to speak again, staying quiet.

MATTHEW – It's beyond me! Facing her and talking to her would be like facing you and talking to you, knowing that she is not you and will never be. That you're gone and that you will never …

Matthew's voice breaks. He stops talking.

ELIZABETH – That I will never …

Matthew cries out, distraught.

MATTHEW – … That you will never kiss me again, with your hand in my hair and whispering that you love me! ... Are you happy?!!

Elizabeth se relève, essuie une larme sur sa joue en se dirigeant vers le coin cuisine pour que Matthew ne la voie pas faire ce geste, puis elle revient vers le canapé tout en se composant un visage enjoué. Matthew a de nouveau caché son visage derrière ses mains. Son corps est secoué de sanglots.

ELIZABETH – Tu sais Matthew… Nous n'avons pas terminé notre soirée « Jusqu'au bout de la nuit » et en parlant de personne défunte… Te rappelles-tu mon interprétation d'Hamlet ?

Matthew relève la tête et fixe Elizabeth, incrédule devant ce changement de registre.

MATTHEW – Pardon ?

ELIZABETH – Tu avais adoré ce passage dans le spectacle où j'avais joué et où l'on pouvait interpréter la scène que l'on souhaitait.

Matthew esquisse un timide sourire, le regard perdu dans le vague.

MATTHEW – Oui. Tu avais la possibilité de réaliser un de tes rêves et tu as saisi ta chance.

ELIZABETH – Le metteur en scène était un peu réfractaire à l'idée qu'Hamlet soit joué par une femme...

Elizabeth stands up, wipes a tear off her cheek going to the kitchen, for Matthew not to see her crying, then comes back to the sofa with a cheerful face. Matthew is hiding his face behind his hands again. He is sobbing, making his body shaking.

ELIZABETH – You know Matthew … We haven't finished our evening 'till the end of the night'. And talking about dead people … Do you remember my performance as Hamlet?

Matthew looks up and stares at Elizabeth, puzzled by this change of topic.

MATTHEW – Sorry?

ELIZABETH – You had loved this part of the show I performed in and where we could play the scene we wanted.

Matthew smiles shyly, his gaze lost in the horizon.

MATTHEW – Yes. You had the chance to make one of your dreams come true and you took it.

ELIZABETH – The director was a bit resistant to have a woman performing Hamlet …

MATTHEW – Mais tu as su le convaincre grâce à ton talent.

ELIZABETH – Maintenant que je sais pour Jeremy et ton penchant à me faire des cachotteries… Tu me jures que tu n'as pas intercédé pour moi afin que j'obtienne une audition ?

Matthew met sa main droite sur son cœur (prouvant de façon gestuelle son honnêteté).

MATTHEW – Je te le jure. Tu as été un Hamlet plus vrai que nature. Qui aurait pu te refuser ta brillante interprétation ?

ELIZABETH – Je la dois à mon professeur de théâtre… Nous avons passé tellement d'heures à étudier ce monologue… à le décortiquer… à l'appréhender de différents points de vue… avant de l'interpréter.

MATTHEW – Tu étais toujours si enthousiaste et heureuse quand tu rentrais de tes cours individuels avec lui que j'aurais pu me montrer jaloux.

ELIZABETH – Qu'est-ce qui t'en a empêché cette fois ? Le fait de redevenir un crétin aux yeux de Jane ?

MATTHEW – Je ne sais pas pourquoi je t'ai fait cette confidence.

MATTHEW – But you managed to convince him with your talent.

ELIZABETH – Now that I know for Jeremy and your tendency to hide things from me … Do you swear me that you hadn't done anything for me to get an audition?

Matthew put his right hand on his heart (showing his honesty with this gesture).

MATTHEW – I swear. You were such an incredible Hamlet! Who could have said no to your performance?

ELIZABETH – I owe it to my acting teacher … We had spent so many hours studying this monologue … analysing every detail … reading from different points of view ... Before performing it.

MATTHEW – You always were so enthusiastic and happy when you were coming home from your private lessons with him. I could have been jealous.

ELIZABETH – What did stop you this time? That you would become an idiot again in Jane's point of view?

MATTHEW – I don't know why I confessed that to you.

ELIZABETH – C'est la plus belle révélation de cette soirée… Laisse-moi, en profiter et te taquiner.

MATTHEW – Fais-toi plaisir !

ELIZABETH – Alors qu'est-ce qui t'a retenu cette fois ?

MATTHEW – Je me sentais bien dans notre histoire. Qu'un homme arrive à te rendre aussi heureuse rien qu'en te donnant des cours de théâtre me fascinait. J'aurais voulu être une petite souris pour voir vos séances.

ELIZABETH – Pour nous espionner ?

MATTHEW – Alors là, tu te trompes complètement ! J'aurais voulu y assister pour être éclaboussé par cette énergie qui devait émaner de vous deux et ressentir, à mon tour, ce bien-être qui t'habitait.

ELIZABETH – C'est vrai que j'étais survoltée mais je t'en faisais largement profiter en rentrant quand tu me demandais de tout te raconter en détails.

MATTHEW – Ça me rendait extrêmement heureux de partager ces moments avec toi.

ELIZABETH – It was the most beautiful confession of the evening … Allow me to enjoy it, and tease you with it.

MATTHEW – Be my guest!

ELIZABETH – So, what did stop you this time?

MATTHEW – I felt good in our relationship. That a man could make you so happy just by giving you drama lessons was fascinating to me. I would have liked to be a little mouse to come and see your sessions.

ELIZABETH – To spy on us?

MATTHEW – You are completely wrong on this! I would have liked to attend them, to be showered with this energy that must have come out from you both, and feel this well-being you had.

ELIZABETH – It's true that I was overexcited, but I always shared a lot when I came back home, and you asked me to tell you in details.

MATTHEW – It made me extremely happy to share these moments with you.

ELIZABETH – Liam avait aussi ce petit plus que d'autres n'avaient pas… Il était brillant et il croyait en moi.

MATTHEW – Il n'était pas seul.

ELIZABETH – Je sais et je t'en remercie.

La lumière change.

ELIZABETH – « Être, ou ne pas être… c'est là la question.

Y'a-t-il plus de noblesse d'âme à souffrir les traits et les flèches de l'outrageante fortune ou bien de s'armer contre une mer de tourments et, en s'y opposant, d'y mettre fin ? Mourir, dormir, … Rien de plus… Et par un sommeil, dire que nous mettons fin aux maux du cœur et mille tortures naturelles qui sont le legs de la chair : c'est là un dénouement que l'on doit souhaiter avec ferveur.

Mourir… dormir. Dormir… peut-être rêver ! Ah, voilà l'obstacle !

Car dans le sommeil de la mort… quels rêves peut-il nous venir, une fois rejetée l'étreinte de cette vie ? Voilà qui doit nous arrêter. C'est cette pensée qui donne au malheur une aussi longue existence.

ELIZABETH – Liam also had this little extra thing that others didn't have … He was brilliant and he believed in me.

MATTHEW – He wasn't the only one.

ELIZABETH – I know, and I thank you for that.

The lights change.

ELIZABETH – 'To be, or not to be, that is the question:

Whether 'tis nobler in the mind to suffer
The slings and arrows of outrageous fortune,
Or to take arms against a sea of troubles
And by opposing end them. To die – to sleep,
No more; and by a sleep to say we end
The heart-ache and the thousand natural shocks
That flesh is heir to: 'tis a consummation
Devoutly to be wish'd. To die, to sleep;

To sleep; perchance to dream – ay, there's the rub :

For in that sleep of death what dreams may come,
When we have shuffled off this mortal coil,
Must give us pause – there's the respect
That makes calamity of so long life.

Qui, en effet, voudrait supporter les coups de fouet et les outrages que le monde inflige, l'injure de l'oppresseur, l'humiliation de la pauvreté, les marques de mépris de l'orgueilleux, les blessures de l'amour éconduit, les lenteurs de la loi, l'insolence du pouvoir, et les rebuffades que le patient mérite doit souffrir des médiocres, s'il pouvait en être quitte avec un simple coup de poignard ? Qui voudrait porter ces fardeaux et grogner et suer sous le poids d'une vie accablante, s'il n'y avait cette terreur… de quelque chose après la mort… cette région inexplorée, dont nul voyageur n'a jamais refranchi la frontière… ébranle notre volonté… et nous fait endurer les maux que nous avons, plutôt que de nous enfuir vers d'autres que nous ne connaissons pas.

Ainsi la conscience fait de nous tous des lâches. Et ainsi, les très vives couleurs de la détermination perdent leur éclat sous le pâle reflet de la pensée. Et ainsi, les entreprises de grande portée et de noble volée se brisent sur cette idée et, leur cours étant ainsi détourné, elles perdent le nom même… d'action. »

La lumière revient dans le salon.

For who would bear the whips and scorns of time,
Th'oppressor's wrong, the proud man's contumely,
The pangs of dispriz'd love, the law's delay,
The insolence of office, and the spurns
That patient merit of th'unworthy takes,
When he himself might his quietus make
What a bare bodkin? Who would fardels bear,
To grunt and sweat under a weary life,
But that the dread of something after death,
The undiscover'd country, from whose bourn
No traveller returns, puzzles the will,
And makes us rather bear those ills we have
Than fly to others that we know not of?

Thus conscience does make cowards of us all,
And thus the native hue of resolution
Is sicklied o'er with the pale cast of thought,
And enterprises of great pitch and moment
With this regard their currents turn awry
And lose the name of action.'

The lights turn normal again in the living room.

MATTHEW – Tu as toujours été une femme déterminée… Ce monologue, tu es allée le chercher et tu n'as pas cédé lorsque George te disait qu'il ne comprenait pas pourquoi tu tenais tellement à l'interpréter alors qu'il y avait des centaines de beaux monologues féminins.

ELIZABETH – C'est vrai que je ne l'ai pas lâché.

Elizabeth revient s'asseoir sur le canapé.

MATTHEW – Si tu veux mon avis, il était cuit d'avance… Je savais que tu arriverais à tes fins et qu'en plus, avec le recul, il allait comprendre qu'il avait fait le bon choix.

ELIZABETH – J'ai l'impression en fin de compte que je n'étais pas forcément une personne facile.

MATTHEW – Détrompe-toi Elizabeth… Rien n'était plus simple que de vivre à tes côtés… Savoir ce que l'on veut n'est pas un défaut… Crois-moi, j'aimerais être plus comme toi.

ELIZABETH – Tu n'es pas quelqu'un d'apathique.

MATTHEW – Je sais que j'ai parfois de bonnes idées mais passer à l'action reste compliqué… J'étais comme ça avant toi et je le suis redevenu.

MATTHEW – You've always been a determined woman … You really wanted to do this monologue and you didn't give in when George told you he didn't understand why you wanted to perform it so much, whereas so many beautiful women's monologues existed.

ELIZABETH – It's true that I stood my ground.

Elizabeth comes back to sit on the sofa.

MATTHEW – If you want my opinion, he was already beaten … I knew you would get your own way and with that, that he would understand that he had made the right choice, looking back.

ELIZABETH – I feel like I wasn't an easy person in the end.

MATTHEW – You are wrong Elizabeth … Nothing was easier than living with you … Knowing what you want is not a flaw … Believe me, I would rather be like you.

ELIZABETH – You are not an apathetic person.

MATTHEW – I know that, sometimes I have some good ideas but starting them up remains difficult … I was like this before you and now, I have become like that again.

ELIZABETH – Je n'avais pas remarqué que tu avais changé à mon contact.

Elizabeth sourit à Matthew qui lui sourit à son tour.

MATTHEW – Vu que tu prenais toujours les bonnes décisions, je ne vois pas pourquoi je t'aurais empêchée de continuer.

ELIZABETH – Objection votre honneur !

Matthew se met à rire franchement.

ELIZABETH – C'était surtout moins contraignant pour toi…

MATTHEW – Puis-je objecter à mon tour ?

ELIZABETH – Non.

MATTHEW – Pourquoi ?

ELIZABETH – Parce que tu n'avais qu'à le faire au lieu de demander. Ça t'apprendra à être plus… déterminé.

Matthew lance à son tour son coussin sur Elizabeth.

MATTHEW – Pourquoi faut-il toujours que tu retournes mes propos contre moi ?

ELIZABETH – I hadn't noticed that you had changed thanks to me.

Elizabeth smiles at Matthew, who smiles back at her.

MATTHEW – As you always made the right decisions, I don't see why I would have stopped you from doing so.

ELIZABETH – Objection, your Honor!

Matthew starts laughing frankly.

ELIZABETH – It was just less restrictive for you …

MATTHEW – Can I object as well?

ELIZABETH – No.

MATTHEW – Why?

ELIZABETH – Because you should just have done it instead of asking. That will teach you to be more … determined.

Matthew throws his cushion onto Elizabeth.

MATTHEW – Why do you always have to use my words against me?

ELIZABETH – Parce que c'est d'une facilité déconcertante.

MATTHEW – Okay… Cela étant dit… Je vais quand même te faire part de mon objection. Tu prenais généralement les bonnes décisions parce que tu étudiais les tenants et les aboutissants de chacun de tes projets contrairement à moi, qui lançais des idées qui me paraissaient toujours sympas à l'instant T mais qui, à l'arrivée, se révélaient souvent aléatoires. Je pense que sans toi à mes côtés, je me serais embarqué dans de sacrées galères. Tu étais là pour tout le monde à n'importe quelle heure du jour et de la nuit. Tu donnais sans attendre de recevoir en retour… Où trouvais-tu cette énergie ?

ELIZABETH – Je n'sais pas, c'était juste normal pour moi d'être là pour les autres.

MATTHEW – Eh bien moi, j'adorais cette normalité qui me cernait de toutes parts et m'offrait une vie sereine.

ELIZABETH – Because it's so easy that it would be too sad not to.

MATTHEW – Okay ... Moving on ... I am going to share my objection with you, anyway: Most of the time, you made the right decisions because you studied every possibility for each project, the whys and wherefores, whereas I used to float ideas that always seemed to be good ones at the time, but finally were too uncertain. Without you by my side, I think I would have had many troubles. You were there for everyone, no matter the time of day or night. You were giving without expecting anything in return ... Where did you find all this energy?

ELIZABETH – I don't know, it was just normal for me to be there for others.

MATTHEW – Well, as for me, I loved this normality that surrounded me, giving me a peaceful life.

ELIZABETH – Quand j'étais à l'université, j'ai réalisé qu'il fallait que je fasse en sorte que ma vie soit la plus douce possible. Comme Sartre l'a écrit, « L'enfer, c'est les autres »... Je sais que cette phrase n'est pas aussi claire qu'il n'y paraît... Je ne suis pas une philosophe mais en ce qui me concerne, j'ai compris que j'étais responsable de ma propre vie et que le regard des autres avait le pouvoir de me rendre heureuse ou malheureuse.

MATTHEW – C'est pour ça que tu n'étais jamais dans le jugement ?

ELIZABETH – Ne plus me préoccuper de ce que les autres pensaient de moi m'a demandé du travail. Ça a été difficile car il faut arriver à accepter le fait que l'on ne peut pas plaire à tout le monde et de ne pas s'en trouver bouleversé pour autant.

MATTHEW – Tu rigoles, tout le monde t'adorait !

ELIZABETH – J'aimerais que ce soit aussi simple mais si tu le dis.

MATTHEW – En tous les cas, moi, je t'adorais. Te rends-tu compte que jamais nous ne nous sommes disputés ?

ELIZABETH – When I was at Uni, I realised that I had to make my life the sweetest as possible. As Sartre wrote it: 'Hell is others' … Well, I know this sentence isn't as clear as it seems … Although I am not a philosopher, I understood that I was responsible for my own life and that others had the power to make me happy or unhappy.

MATTHEW – Is that the reason why you never judged anyone?

ELIZABETH – Not caring about what the others thought asked me a lot of work. It was hard because I had to accept the fact that I couldn't please everyone, while not feeling overwhelmed by it.

MATTHEW – Are you kidding? Everyone loved you!

ELIZABETH – I wish it had been as simple as you say.

MATTHEW – Never mind, I loved you. Do you realise that we never argued?

ELIZABETH – Je reconnais que ce n'est pas donné à tous les couples.

MATTHEW – Eh bien moi, ce cadeau que m'a donné la vie, j'aurais aimé le garder pour l'éternité.

Le visage de Matthew s'assombrit. Elizabeth le regarde d'un air triste et lâche dans un soupir.

ELIZABETH – Moi aussi.

MATTHEW – Nous avions tant de projets…

ELIZABETH – Ne dis pas ça…

MATTHEW – Que veux-tu que je dise d'autre ? Tout ceci n'est qu'un gigantesque gâchis.

ELIZABETH – Je ne vais pas te suivre sur ce chemin. Ce serait renier ce que nous avons vécu, balayer notre histoire.

MATTHEW – Tu veux que je continue à vivre comme si de rien n'était en regardant l'avenir avec un grand sourire ?!?

ELIZABETH – Ne sois pas si extrême ! Il est peut-être juste temps que tu arrêtes de parler au passé.

Elizabeth se lève, prend le portable de Matthew sur la table et le lui tend.

ELIZABETH – I admit that not every couple can achieve that.

MATTHEW – This gift that life gave me, I would have loved to keep it forever.

Matthew's face darkens. Elizabeth looks at him with sadness in her eyes and sighs.

ELIZABETH – So would I.

MATTHEW – We had so many plans …

ELIZABETH – Don't say that …

MATTHEW – What do you want me to say? All this is nothing, but a gigantic waste.

ELIZABETH – I'm not going to follow you on this path. It would be denying everything we have lived, forgetting our story.

MATTHEW – Do you want me to continue living like nothing had happened, looking at the future with a big smile on my face?!?

ELIZABETH – Don't be so extreme! It's maybe just time to stop talking in the past tense.

Elizabeth gets up, takes Matthew's phone on the table and gives it to him.

MATTHEW – Ne me demande pas ça, Elizabeth… Je t'en prie.

ELIZABETH – Ce n'est pas une demande, Matthew.

Matthew se lève à son tour, prend son portable et appuie sur plusieurs touches.

MATTHEW – Jane… Pourrais-tu, s'il te plait, revenir sonner à ma porte ? …

…

MATTHEW – … Je dois… J'ai besoin de te parler…

…

MATTHEW – … Okay… A tout de suite.

Matthew empoche son téléphone. Elizabeth s'approche de lui, lui prend la nuque afin qu'il baisse son visage vers elle. Elle embrasse Matthew tout en passant sa main dans ses cheveux et lui chuchote à l'oreille…

ELIZABETH – Je t'aime.

MATTHEW – Don't ask me this, Elizabeth … Please.

ELIZABETH – I'm not asking you, Matthew.

Matthew gets up as well, takes the phone and dials.

MATTHEW – Jane … Could you please come back? …

…

MATTHEW – … I must … I need to talk to you …

…

MATTHEW – … Okay … I'll see you now.

Matthew puts his phone in his pocket. Elizabeth comes close to him, takes his neck and makes his head coming to her. She kisses Matthew, with her hand in his hair and she whispers in his ear ...

ELIZABETH – I love you.

La lumière s'éteint. Une musique à la guitare s'élève… La même mélodie que celle de la chanson interprétée par Matthew au « Black Swan » et jouée lors du 1er acte.

Voix off d'Elizabeth et Matthew qui récitent ensemble le sonnet 116 de Shakespeare.

Je ne veux à l'union de deux âmes sincères
Admettre empêchement. L'amour n'est point l'amour
S'il change en trouvant ailleurs le changement,
Ou s'éloigne en trouvant en l'autre l'éloignement.
Oh non ! il est un phare au regard immuable
Fixé sur la tempête et jamais ébranlé !
Pour tout navire errant il est l'astre qui guide,
Dont on prend la hauteur, mais ne sait l'influence.

L'amour n'est point le jouet du Temps, dont la faucille
Emporte en son croissant les joues et lèvres roses ;
Il n'est pas altéré par les jours, les semaines,
Mais endure et survit jusqu'à la fin des temps.
Si ceci est une erreur, contre moi démontrée,
Nul n'a jamais aimé et je n'ai rien écrit.

The lights turn off. A guitar is playing ... The same melody than the one from the song performed by Matthew at the 'Black Swan' and performed during the first act.

Elizabeth's and Matthew's voices say together Sonnet 116 by Shakespeare.

'Let me not to the marriage of true minds
Admits impediments. Love is not love
Which alters when it alteration finds,
Or bends with the remover to remove:
O, no! it is an ever-fixed mark,
That looks on tempests and is never shaken;
It is the star to every wandering bark,
Whose worth's unknown, although his height be taken.
Love's not Time's fool, though rosy lips and cheeks
Within his bending sickle's compass come;
Love alters not with his brief hours and weeks,
But bears it out even to the edge of doom.
If this be error and upon me proved,
I never writ, nor no man ever loved.'

Remerciements

Un grand merci à Morgane pour ton implication so british dans ce projet !

Je n'oublie pas Nathalie Mourier que je remercie également pour sa relecture en anglais.

Printed in Poland
by Amazon Fulfillment
Poland Sp. z o.o., Wrocław

90453165R00089